KB101325

7FATES
CHAKHO
WITH BTS

7FATES
CHAKHO
WITH BTS

7FATES
CHAKHO
WITH BTS

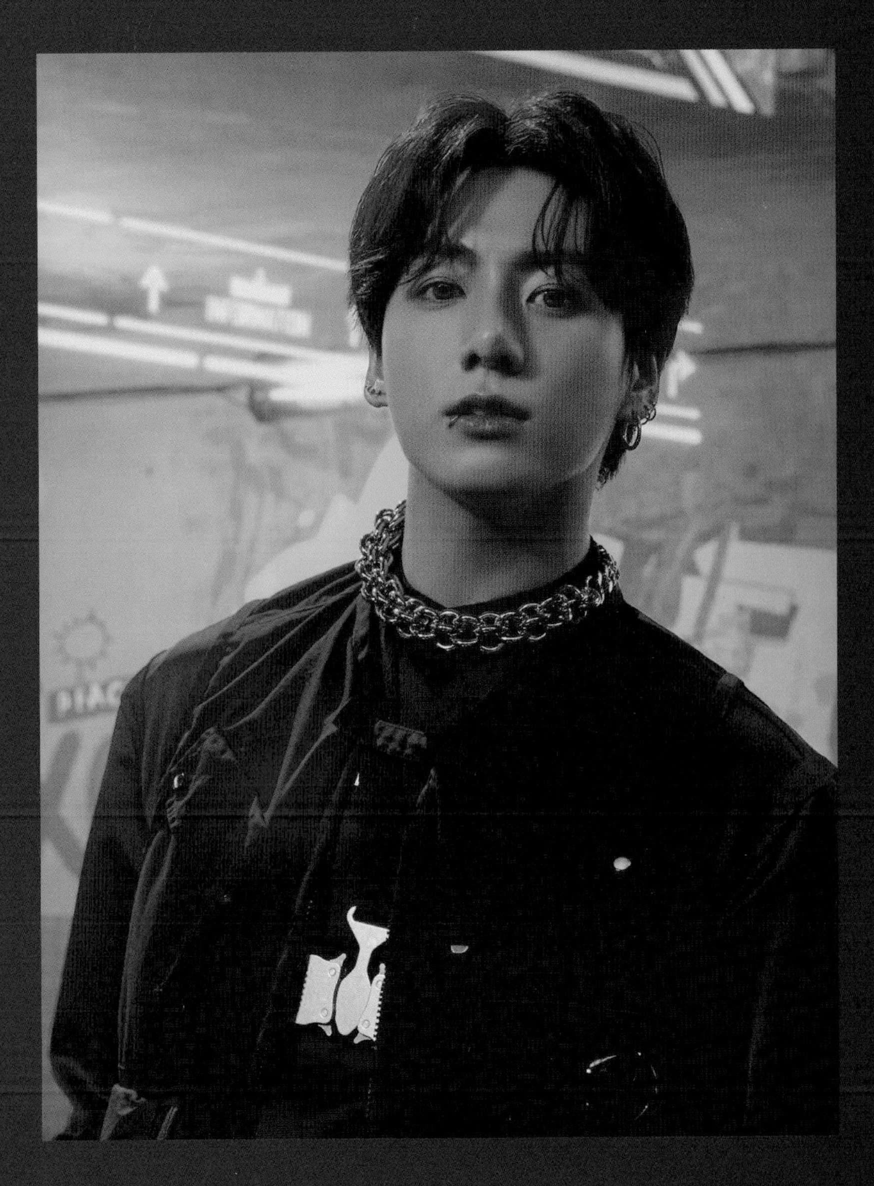

7FATES

CHAKHO

WITH BTS

7FATES
CHAKHO
WITH BTS

7FATES

CHAKHO

WITH BTS

7FATES
CHAKHO
WITH BTS

7FATES

CHAKHO

WITH BTS

7FATES
CHAKHO
WITH BTS

기획/제작

HYBE

공동기획

7FATES

CHAKHO

WITH BTS

WEBNOVEL

학산문화사

7FATES
CHAKHO
WITH BTS

차례

제 39 화

우리 아버지

거미 여자는 거미처럼 여덟 개의 다리를 가지고 있었다.

하지만 거미보다 빨랐다.

여덟 개의 다리는 제각각 생명을 가진 것처럼 움직였다.

바람처럼 빠른 상급 법인 후포조차 그 다리를 피하는 게 고작이었다.

품에 안은 아이 때문에 더 그랬다.

아이를 안은 채로는 안 되겠다 싶어서 뒤에 있는 부모를 향해 아이를 던졌다.

"도망쳐라, 인간!"

후포가 이를 으득 갈며 손톱을 뽑아냈다.

검은 안개가 스멀스멀 흘러나와 후포의 전신을 감싸는 순간.

서걱-!

거미 다리가 후포의 복부를 깊게 베었다.

후포는 아랑곳하지 않고 땅을 박차올라 거미 여자의 얼굴을 향해 몸을 날렸다.

눈코입이 없는데도 징그러운 얼굴.

후포는 손을 뻗어 거미 여자의 머리를 한 손으로 잡았다.

그리고 힘을 발휘했다.

착시 최면.

상급 범 중에서도 일부만 사용할 수 있는 기술.

그러나 인왕산에서 제하에게 걸었던 그 기술이 거미 여자에게는 통하지 않았다.

"키에에엑!"

거미 여자는 성가신 듯 몸을 털다가 인간 몸뚱이 쪽의 두 손을 올려 후포의 복부 상처에 쑤셔 넣었다.

"크아아아악!"

아무리 상급 범이라도 내장이 당하는데 무사할 수는 없었다.

뒤틀리는 고통에 욕지기가 치밀었다.

몸을 뒤로 빼내고 상처를 확인하는 그 짧은 순간에도 거미 여자는 움직였다.

달칵거리며 빠르게 달려온 거미 여자의 전신에서 하얀 막 같은 것이 뻗어 나왔다.

막이 아닌 촘촘히 짜인 거미줄이었다.

후포는 손톱으로 거미줄을 베어내고 훌쩍 날아오르려다가 멈췄다.

인간들이 아직 도망치지 못한 채 마당 구석에서 벌벌 떨고 있었다.

그러고 보니 주택 대문이 거미 여자 반대쪽에 있다.

"제길!"

후포가 뛰어오르면 거미 여자는 인간들을 공격할 것이다.

"내가 왜!"

인간을 도와야 하지?

그런 생각과 달리 몸이 멋대로 움직였다.

후포는 날카로운 열 개의 손톱을 세우고 거미 여자를 향해 땅을 박찼다.

손톱이 거미 여자의 몸에 닿았지만 몸을 꿰뚫고 들어가지는 못했다.

놀랍도록 단단한 피부가 후포의 손톱을 막은 것이다.

거미 다리 세 개가 후포의 손톱에 얽혀들었다. 후포가 손톱을 거둬들이려 했지만 이미 늦었다.

남은 다리가 후포의 목과 가슴, 팔을 사정없이 찍어눌렀다.

"크헉!"

이미 복부에 심한 상처가 생겨서 피를 많이 흘린 마당에 다른 곳까지 뚫리자 버티기 어려웠다.

후포는 믿을 수가 없었다.

이런 식으로 죽다니.

얼마나 오랜 날을 기다려왔는데, 고작해야 인간 따위를 지키려다가 죽다니.

눈앞이 까맣게 흐려지고 있을 때였다.

"헉! 이게 뭐야?"

왜인지 귀에 익은 목소리를 마지막으로 후포는 정신을 놓았다.

7구에서 포수 알림이 온 걸 확인하고 달려가던 제하 일행은

자기들보다 먼저 달려가는 범 사냥꾼 무리를 발견하고는 걸음을 멈췄다.

범 사냥꾼들은 먼저 잡은 신호를 빼앗기는 걸 좋아하지 않기 때문이다.

두 번째로 포수 알림이 울려서 확인했더니, 아까 온 곳과 같은 곳에서 보낸 알림이었다.

이번에는 그곳을 향해 가려는 범 사냥꾼들이 없었다.

같은 곳에서 시간을 두고 두 번이나 신호가 온다는 건 첫 번째로 도착한 범 사냥꾼들이 실패했다는 것.

그만큼 강한 범들이 있다는 걸 의미했기 때문이었다.

하지만 제하와 하루, 주안은 그곳을 향해 달렸다.

조용한 주택가인데 딱 한 곳에서 싸우는 소리가 들렸다.

챙- 채앵-

무언가 부딪치는 소리.

"키에에엑!"

생전 처음 들어보는 울음소리.

심상찮은 일이 벌어졌구나 싶어서 무기를 다잡고 담을 넘는 순간.

그들은 눈 앞에 펼쳐진 광경에 등골이 서늘해졌다.

"헉! 이게 뭐야?"

거미의 다리에 여자가 붙어 있는 것 같은 괴물이 검은색 범을 사정없이 찢어발기고 있었다.

제하가 낸 소리를 들었는지 거미 여자가 움직임을 멈추더니 천천히 고개를 돌렸다.

거미 여자의 새까만 얼굴을 본 제하 일행은 숨을 삼켰다.

"뭔지는 몰라도……."

하루가 오랏줄을 던졌다.

"좋은 건 아닌 것 같구나."

붉은 오랏줄은 생명을 가진 것처럼 움직였다.

거미 여자는 피하려 했지만 그 다리에 엉켜 드는 오랏줄을 완전히 다 피할 수는 없었다.

거미 여자가 오랏줄에 시선이 팔려 있는 동안, 제하가 거미 여자의 뒤로 접근해 척살검을 휘둘렀다.

터엉-!

거미 여자의 등에서 자란 다리들은 마치 무쇠처럼 단단해서 한 번의 칼질로 벨 수가 없었다.

주안이 창을 들어서 거미 여자의 몸통을 찍었지만 마찬가지였다.

터엉-!

둔탁한 소리와 함께 창이 밀려났다.

"너무 단단한데."

주안의 몸에서 검은 안개가 피어올랐다.

주안이 공기를 밟으며 허공을 나는 듯 위로 떠 오른 순간, 거미 여자가 오랏줄을 전부 끊어버리고 고개를 들었다.

오싹-

거미 여자의 얼굴을 본 주안은 소름이 돋았다.

아무것도 없던 얼굴에 어느새 커다란 입이 생긴 것이다.

주안 한 명은 통째로 삼킬 것처럼 벌어진 입안에는 마치 끈끈이주걱 같은 촉수가 여러 개 뻗어 나와 있었다.

주안은 창을 세로로 세워서 거미 여자의 얼굴을 찍으려 했지만 거미 다리가 창을 쳐냈다.

지난번 허서와의 싸움 후 안 그래도 불안하게 버티고 있던 창의 손잡이가 반으로 쪼개졌다.

"이런."

반대 방향으로 몸을 틀어 도망치려는 주안의 허리를 향해 거미 다리가 뻗어왔다.

거미 다리 끝이 주안의 등에 닿기 직전.

터엉-!

뛰어오른 제하가 척살검으로 다리를 걷어내고 물러섰다.

하루가 오랏줄을 수습해 다시 한번 거미 다리를 묶어놓는 동안, 제하는 척살검에 온 신경을 집중했다.

언제부터인가 척살검에 신경을 집중하면 잠들어 있던 힘이 서서히 눈을 뜨는 듯한 감각을 느끼게 되었다.

제하의 힘이 척살검을 향해 흘러 들어가고, 척살검의 힘이 제하에게로 흘러들어왔다.

그 두 개의 힘이 섞이는 순간, 제하의 호박색 눈동자가 황금처럼 빛났다.

제하가 땅을 박차고 뛰어올랐을 때.

우우웅-

바닥에 내려서서 손톱을 길게 자라게 하던 주안은 땅이 울리는 느낌을 받았다.

어둠보다 검은 척살검이 빛났다.

거미 여자도 제하의 기척이 심상찮은 걸 느낀 듯 제하 쪽으로 촉수 달린 입을 벌렸다.

하지만 제하는 망설이지 않고 거미 여자를 향해 검을 내리꽂았다.

검 끝이 거미 여자의 가슴을 뚫었다.

"키에에에에엑!"

거미 여자의 비명이 밤하늘을 찢었다.

주안은 그 순간을 놓치지 않고 거미 여자의 인간 쪽 몸통을 향해 손톱을 내리그었다.

이번에는 손톱이 들어갔다.

몸 자체가 원래 단단한 건 아니라서 제하가 준 타격에 몸을 보호하던 힘이 사라진 모양이다.

"키에에에엑!"

상처가 생길 때마다 거미 여자가 지르는 비명 때문에 고막이 터질 것 같았다.

하지만 주안은 멈출 수 없었다.

조금 전 주안이 낸 상처가 다시 아물어가고 있었다.

마치 상급 범과 같은 회복 속도였다.

"제하야, 상처가 아문다."

"그럼 더 빨리 움직여야겠네."

잠깐 대화를 나누는 동안 회복한 거미 여자가 주안을 향해 다리를 뻗었다.

주안은 뒤로 훌쩍 뛰어서 공격을 피했지만, 거미 여자의 몸에서 하얀 거미줄 막이 촥 펼쳐졌다.

주안이 손톱으로 거미줄을 베어내려 했지만 끈적거려서 완전히 벨 수가 없었다.

한 번 실패하자 거미줄이 몸에 엉켜 들었다.

그런 주안을 향해 거미 여자가 타각타각 달려왔다.

표정을 읽을 수가 없어서 더 징그럽다고 주안이 생각하고 있을 때.

쿠웅-!

뭔가 거대한 것이 거미 여자에게 부딪치는 것 같은 소리가 울려 퍼졌다.

거미 여자가 투웅, 날아갔다.

놀랍게도 거미 여자를 밀친 건 제하였다.

"제하야, 방금 그거……."

"장난 아니지? 우와, 나 엄청 힘세네."

제하가 주먹을 쥐었다가 폈다 하더니 거미 여자가 몸을 일으키기 전, 척살검을 들고 달려갔다.

척살검이 사선으로 움직여 거미 여자의 몸통을 베어냈고, 하루가 달려가 길게 자란 손톱으로 거미 여자의 다리를 잘라냈다.

잘려나가서도 버둥거리던 다리들이 움직임을 멈추자 거미 여자의 비명도 멎었다.

그제야 제하는 헐떡거리며 주위를 확인했다.

가장 먼저 눈에 들어온 건 구석에서 벌벌 떠는 한 가족이었다.

어린 남자아이와 부모.

제하는 검을 집어넣고 그들에게 다가가 한쪽 무릎을 꿇고 앉았다.

"괜찮으세요?"

아이 엄마가 고개를 끄덕거렸다.

"일단 구급차를…… 아, 요새는 구급차가 잘 안 오지. 저희가 여기 좀 정리한 다음에 병원에 모셔다 드릴게요. 잠깐만 기다려주실 수 있죠?"

아이 부모의 대답을 들은 후, 제하는 싸움의 현장으로 돌아갔다.

주안과 하루는 거미가 정말로 죽었는지 확인하고 있었다.

제하는 거미보다는 아까 처참하게 당하고 있던 범이 더 신경 쓰였다.

그 범은 왜 이런 곳에서 저런 것에게 당하고 있었던 걸까?

인간을 잡아먹으려다가 저 거미한테 당한 걸까?

범 옆에 쭈그리고 앉은 제하는 범의 얼굴을 확인하고는 숨을 멈췄다.

제하는 눈을 부릅뜬 채 몇 번이나 그의 얼굴을 확인했다.

이윽고 제하의 입에서 한숨 같은 목소리가 흘러나왔다.

"후포……."

그때, 후포가 움찔 하더니 천천히 눈을 떴다.

언젠가 보았던 노란색 눈동자가 허공을 향해 흔들리다가 제하에게서 멈췄다.

제하는 후포에게 묻고 싶은 것이 많았다. 따지고 싶은 것도 많았다.

하지만 무엇보다 하고 싶은 건.

'죽이고 싶어.'

이 모든 사태를 만든 후포를 죽이고 싶었다.

제하의 눈동자가 차갑게 빛나고, 거칠었던 호흡이 냉랭하게 가라앉았다.

제하의 손이 허리에 맨 검을 향해 천천히 움직이는 순간.

"풍래……."

후포의 입에서 꺼져가는 음성이 흘러나왔다.

“자네가 날 데리러 왔군…….”

비록 죽어가는 음성임에도, 어찌나 친밀한지.

제하는 왈칵 울음을 터뜨릴 뻔했다.

“미안……하네. 인제 와서…… 늦었겠지만…….”

후포의 눈이 다시 감겼다.

입술도 굳게 닫혔다.

제하는 두 눈을 질끈 감았다.

“풍래가 누구야?”

언제 온 건지 주안이 옆에 앉아 있었다.

제하는 눈을 감은 채로 대답했다.

“우리, 아버지.”

제 40 화
사람

만감이 교차했다.

부모님에 대한 기억은 희미하지만, 그래도 참 좋았던 느낌은 남아 있었다.

그래서 후포가 미웠다.

그 좋았던 나날을 망가뜨리고, 인제 와서 또 한 번 제하의 삶을 망가뜨린 후포를 증오했다.

그를 보면 그저 죽이겠노라고, 그가 무슨 말을 하든 그 목을 베어버리겠노라고 언제나 생각해왔다.

하지만 만신창이가 된 후포를 앞에 둔 지금, 제하는 어째서인지 그의 심장에 검을 꽂아 넣을 수가 없었다.

'죽여야 해. 이놈이 신시에서 벌어진 모든 불행의 근원이야.'

제하는 허물어질 것 같은 마음을 단단히 다잡았다.

'이놈 때문에 우리 가족이 엉망이 됐고, 내 동료들의 삶도 망가졌고, 신시 전체가 불행에 빠졌어. 이놈만 아니었다면, 이놈이 나에게 최면을 걸어서 결계를 풀지만 않았다면 아무 일도 벌어지지 않았을 거야.'

그래, 후포는 '악'이다.

제하는 검 손잡이를 쥐고 천천히 끄집어냈다.

"아, 안 돼요."

그때, 아이 아빠의 목소리가 제하의 움직임을 막았다.

제하가 돌아보자, 아이 아빠가 다가왔다.

"그, 그분이 우리를 도와줬어요."

"……도와줬다고요? 잡아먹으려고 했던 게 아니고?"

질문한 건 주안이었다.

아이 엄마도 아이를 안고 가까이 왔다.

"네, 도와줬어요. 목숨을 걸고……. 우리만 아니었다면 이길 수 있었을 텐데, 우리를 지키느라 그렇게 된 거예요."

"착한 아저씨예요. 날 안아줬어요."

아이까지 후포를 가리키며 말했다.

제하는 검을 쥔 채 멍하니 아이의 가족들을 올려다봤다.

저들 눈에는 내가 어떻게 보일까?

생명의 은인을 죽이려고 하는 악당으로 보일까?

하지만 진짜 악당은 후포인데?

그런데 정말? 아이 가족을 살리려고 목숨을 건 후포가 악당일까?

하지만 후포는 내 부모님을 죽였어. 나한테 최면을 걸었고, 결계를 깨게 했고, 신시를 이 지경에 몰아넣었어.

그런데 내가 악당이야? 후포가 은인이고?

"제하야."

혼란에서 오는 분노가 제하를 휘감기 전, 하루가 제하의 어깨에 손을 얹었다.

"가자꾸나. 여기서 우리가 할 일은 없는 것 같다."

하루의 깊고도 지혜로운 잿빛 눈동자를 마주하자, 술렁거리던 감정이 고요히 가라앉았다.

"응."

제하는 도로 검을 집어넣고 일어났다.

"병원에, 데려다줄게요."

제하의 제안에 아이 엄마가 고개를 저었다.

"괜찮아요. 다친 곳도 없고……. 저희는 일단 저 사람을 좀 치료해드려야 할 것 같아요."

사람.

저들은 후포가 범이라는 걸 알면서도 '사람'이라고 했다.

제하는 알 수 없는 슬픔을 느끼며, 그곳을 빠져나왔다.

제하 일행은 본부에 도착할 때까지 말없이 걸었다.

이윽고 도착한 본부에는 도건이 와 있었다.

도건은 호수를 따라서 나갔지만 종종 제하를 찾아오곤 했다.

"왜들 그렇게 심각해?"

"그렇게 됐어."

주안이 힘없이 대답하며 거실 구석에 부러진 창을 세워뒀다.

"창 부러졌네? 어디서 심한 싸움이라도 한 거야?"

"응, 좀……."

주안이 제하를 걱정스레 응시했다.

주안은 불티에게 연인을 잃었지만 후포에게는 감정이 없었다.

하지만 후포가 제하의 부모에게 무슨 짓을 했는지, 제하를 어떤 식으로 이용했는지는 알고 있었다.

그 때문에 제하가 지금 어떤 감정을 느낄지도 어느 정도는 짐작할 수 있었다.

혼란스럽겠지. 내 부모를 죽인 남자가 어떤 가족에게는 영웅이라는 사실이 절망스럽겠지.

제하는 심성이 착하고 순진한 면이 있었다.

남을 구했다는 사실 따위 무시하고 개인적인 복수를 해도 될 텐데, 이름도 알지 못하는 일가족을 구했다는 이유로 후포를 놔두고 돌아왔다.

그래서 더 괴로울 것이다.

제하가 죽이고 싶은 '범'을, 그 가족이 '사람'이라고 해서.

"형, 호수는 좀 어때?"

제하는 이런 와중에도 호수를 걱정했다.

"그냥저냥…… 뭐, 그렇지. 그나저나 대체 어떤 놈이랑 싸웠기에 너희가 이 지경이 된 거야? 내가 마주쳤으면 난 한 방에 갔겠다."

도건이 어깨를 으쓱하며 말을 돌렸다.

"그게…… 좀 이상해."

제하가 식탁에 앉자, 모두 식탁에 둘러앉았다.

다 함께 쓰기 위해 마련한 8인용 식탁인데, 이제 이 자리를 채운 건 네 명뿐이다.

"포수 알람이 울려서 갔는데…… 거기에 뭔가 이상한 게 있었어."

"이상한 거? 뭐?"

제하가 엄지와 검지로 미간을 주물렀다.

"괴물."

"……범?"

"괴물."

"몬스터?"

"비슷해."

제하는 자신이 그곳에서 본 것을 설명했다.

심각하게 듣던 도건이 조심스럽게 말했다.

"꿈…… 아닐까?"

제하가 한숨을 쉬며 주안을 돌아보자, 주안이 말했다.

"꿈 아니야. 그 자리에 나랑 하루도 있었으니까."

"……그러니까, 범을 잡으러 갔는데 괴물이 있었다, 그거지?"

"응."

도건이 두 팔을 앞으로 쭉 뻗고 탁자에 엎어졌다.

"으아, 괴물이라니. 범도 상대하기 힘든데 또 뭔 일이라냐?"

"그건 평범한 괴물이 아니야. 상급 범을 죽일 수 있을 만큼 강했어. 만약 그 괴물이 한 마리면 다행이지만, 그런 게 여러 마리 있다면……."

제하가 몸을 부르르 떨었다.

"신시는 멸망할 거야."

도건은 울적한 기분으로 호수와 세인, 환이 있는 집으로 향했다.

"돌연변이라고 생각할 수도 있어. 두두리처럼 그 당시에 살아남은 일족 중 무언가가 그런 식으로 진화한 거라면…… 아니, 아니야. 그 무엇도 그런 식으로 진화할 수는 없어."

제하의 절망적인 목소리가 떠올랐다.

"만약, 정말 만약에 말이야. 누군가 목적을 가지고 그런 걸

키우는 거라면…… 아니, 그럴 리도 없겠지. 대체 누가 그런 짓을 하겠어?"

결국 답은 나오지 않은 채, 도건은 그 집에서 나왔다.

1년 전 이맘때만 해도 동생들과 함께 지내던 집에 돌아올 때마다 가슴이 아릿해졌다.

도건은 허름한 판잣집의 지붕을 올려다보다가 크게 심호흡을 하고 표정을 바꿨다.

아무 일도 없다는 듯, 울적하지 않다는 듯.

그렇게 집 안에 들어가자, 우울한 분위기가 도건을 맞이했다.

좁은 단칸방 여기저기에 드러누워 있는 호수와 환, 그리고 세인.

"너희들 말이야. 계속 이렇게 우울해할 거면 그냥 착호 본부로 돌아가는 게 어때?"

"난 안 우울해!"

세인이 벌떡 일어나서 말했다.

"그런 것 치고는 죽상인데."

"난 원래 좀 진지한 편이라서 잘 안 웃거든?"

"그리고 환이 너, 착호 본부에 있을 때는 장난도 잘 치고 그러더니 요새는 입 꾹 다물고 한 마디도 안 하더라."

"난 원래 과묵해."

"아, 그러셔."

도건은 마지막으로 호수를 돌아봤다.

도건이 뭐라 하기 전, 호수가 오른손을 슬쩍 들었다.

"통하지도 않을 개그 할 거라면 관둬. 설교도 관두고. 들을 기분 아니니까."

"폼 잡기는."

도건이 툴툴거리며 코트를 벗고 바닥에 아무렇게나 드러누웠다.

"주안이 창 부러졌더라."

"헐. 진짜? 그거 저번부터 간당간당하더니 결국 맛탱이가 갔네. 어쩐대? 사러 간대? 걔들끼리 가면 또 사기당할 텐데."

세인이 바짝 다가앉아서 관심을 보이다가 도건이 지그시 응시하자 시선을 피했다.

"아니, 뭐. 우리가 뜻이 안 맞아서 나온 거지 죽일 듯 미워해서 나온 건가?"

"오늘 괴물을 만났대."

도건은 누운 채로 느릿하게 제하 일행에게 벌어진 일을 설명했다.

어느새 환과 호수도 도건의 옆에 바짝 붙어서 이야기를 듣고 있었다.

“다친 데는 없대?”

환의 질문에 도건이 고개를 끄덕였다.

“약간의 상처야 뭐, 항상 생기는 거고. 심하게 다치지는 않았다. 다만, 후포라는 놈이 심하게 다쳤나 봐.”

“후포……라면, 그…… 제하를 이용한 놈?”

세인이 경악한 듯 묻자 도건이 말했다.

“거기 있던 인간 가족들을 지키다가 다쳤대. 그 사람들이 후포가 목숨을 걸고 지켜줬다고 했대. 자기들만 없었어도 후포가 그렇게 다치지는 않았을 거라고…….”

쾅-!

호수가 주먹으로 바닥을 내리쳤다.

“그런 말로 날 설득하려는 거라면 관둬.”

“호수야. 지금 내 말의 어느 부분에서 설득을 느꼈냐? 나는 애초에 설득이라는 걸 할 만큼 똑똑한 놈이 아니야.”

“범은 모두 죽어야 해.”

도건이 천천히 상체를 일으켜 호수를 마주 보고 앉았다.

"호수야. 우리 일부를 가지고 전체를 판단하지 말자."

"이것 봐, 설득하네."

"그래, 뭐. 알겠어. 관둘게. 역시 난 설득에 재능이 없다니까. 하지만 이거 하나는 말하자. 제하랑 주안이가 미워서 나온 게 아니라면, 일단 돌아가자. 거기가 여기보다 안전하고, 우리끼리 싸우는 것보다 다 함께 싸우는 게 더 승률이 높아. 만약 제하와 주안이가 범을 살려주자고 하면 그건 그때 가서……."

"도건아."

호수가 도건의 말을 끊었다.

"나는 제하가 무서워."

처음으로 흘러나온 호수의 속마음에 일행은 입을 다물었다.

"제하의 눈동자를 마주칠 때마다, 소름이 끼쳐. 제하가 착한 거 알거든. 좋은 녀석인 거 알아. 그래, 나도 걔가 좋아. 그런데…… 무섭고 소름 끼쳐. 나도 걔랑 똑같은 눈동자를 가졌다는 걸 아니까. 나도 이제 인간이 아니게 되었다는 걸 알게 되어버리니까."

"……."

"그래서…… 그래서 미안해. 미안해서 제하를 보기 힘들어. 그런데 제하는 그것도 모르고 나한테 잘해줘. 그런데도 나는 걜 볼 때마다 소름이 끼쳐. 마치……."

호수가 두 눈을 질끈 감았다.

"마치 철창에 갇혀서 고문당했던 그날로 돌아간 것처럼."

도건은 호수와 제하가 잘 지낸다고 생각했었다.

호수와 제하는 원래부터 친구였던 것처럼 사심 없이 농담도 하고 장난도 쳤다.

그래서 호수가 이런 마음을 품고 있는 줄은 꿈에도 몰랐다.

"그래서 못 가겠어, 도건아. 나는 제하를 볼 때마다 소름 끼칠 거고, 제하가 범을 살려주자고 하면 역시 범의 피가 흐르는 놈이라서 그런다는 생각을 할 거야. 그리고…… 내가 그런 생각을 하는 놈이라는 사실 때문에 자괴감에 빠지겠지. 그런데 도건아, 아무리 노력해도, 안 그러려고 해도, 나한테 범은 그런 존재야. 무섭고 소름 끼치는 존재."

호수의 눈꺼풀이 올라가며 달처럼 빛나는 호박색 눈동자가 모습을 드러냈다.

호수는 촉촉하게 젖은 눈으로 도건을 보며 물었다.

"이래도 내가 그곳에 돌아가야 한다고 생각해?"

제 41 화
분란

괴로운 음성이 도건의 심장을 헤집었다.

도건은 문득 하라와 싸울 때, 호수나 제하, 주안처럼 강했으면 좋겠다는 생각을 했던 게 떠올랐다.

그때도 생각했지만, 새삼스럽게 자신이 한심하고 경멸스러웠다.

이렇게나 고민하는데, 난 무슨 생각을 한 걸까?

호수의 입가에 쓴웃음이 맺혔다.

"제하가 위험해지면 구하러 갈 거야. 그 애들한테 무슨 일이 생기면 달려갈 수 있어. 하지만 난 역시…… 미안하고 무서워서 제하랑 같이 있을 수가 없어."

주안은 지난 싸움에서 무기인 창을 잃었다.

"난 무기가 없어도 괜찮아. 손톱을 사용하면 되니까."

하지만 무기 없는 첫 싸움을 끝낸 후, 제하는 괜찮지 않다는 걸 알았다.

범의 힘을 사용하는 건 체력소모가 큰일이었다.

곰의 힘을 가져서 남들보다 체력이 좋은 제하도 안에 잠든 힘을 깨워서 사용하면 쉽게 지치곤 했다.

주안은 말할 것도 없었다.

보통은 범의 힘을 속도를 내는 것 정도로만 끌어다가 쓰고, 정 안 되겠다 싶을 때 손톱을 꺼내서 보조하는 역할을 하며 싸운다.

그런데 처음부터 범의 힘을 전부 꺼내서 사용하니 체력소모가 빠를 수밖에 없었다.

중급 범 두 마리를 처리했을 뿐인데도 주안의 얼굴은 창백하게 질려 있었다.

기절할 것 같은 주안을 부축해주며 제하가 말했다.

"형, 무기 사러 가자."

주안이 고개를 저었다.

"괜찮아. 무기가 한두 푼 하는 것도 아니고."

"사치를 부리자는 게 아니잖아. 목숨 걸고 싸우는 일인데 거기에 돈을 아낄 수는 없지."

"그래도 우리가 다 같이 모은 돈인데, 호수랑 다른 애들도 없는 상황에서 그냥 써도 괜찮을까?"

제하의 눈동자가 흔들렸다.

거기까지는 생각하지 못했다.

제하가 관리하는 통장에 들어 있는 돈은 모두가 함께 싸워서 번 돈이었다.

"그 아이들이 무기 사는 데 돈 좀 썼다고 해서 비난하지는 않을 것 같구나. 우선 무기부터 사고, 그 무기로 범을 죽여서 돈을 벌면 될 일이다."

머뭇거리는 제하와 주안을 보다 못한 하루가 쐐기를 박듯이 말했다.

그래도 제하는 말 없이 돈을 쓰는 게 마음에 걸렸지만, 주안을 생각해서 흔들림을 드러내지 않았다.

"그래, 하루 말이 맞아. 어차피 범이랑은 끊임없이 싸우게 되니까 금방 채워 넣을 수 있을 거야."

주안은 무기를 산다고 한들, 그 무기가 범과의 전투에서 얼마나 버틸 수 있을지 의문이었다.

저축한 돈은 옛날이었다면 눈이 돌아갈 정도로 많았지만, 거래소에서 그 돈은 푼돈에 불과했다.

하지만 범과의 싸움 한 번에 체력이 거의 떨어져 비틀거리는 상황에서 고집을 부릴 수도 없었다.

주안이 고집을 꺾자, 제하는 잘 생각했다고 말하며 방금 죽인 범의 옆에 앉았다.

현상금을 받기 위해서는 머리를 잘라 가야 했기 때문이다.

오늘 상대한 범은 회색과 갈색. 전투 중에 죽은 터라 귀가 쫑긋하게 서 있고, 입술 사이로 날카로운 송곳니가 비쭉 튀어나와 있었다.

평소에는 쉽게 놈들의 목을 자를 수 있었다.

놈들이 아무리 인간과 비슷하게 생겼어도 사실은 인간이 아니니까, 이 신시를 엉망으로 만들었으니까, 내 부모를 죽인 악당이니까, 죽어 마땅한 놈들이니까.

무감정하게 벨 수 있었다.

하지만 지금, 제하는 검을 든 자신의 손이 머뭇거리는 걸 느꼈다.

'왜?'

답은 금방 나왔다.

"저희는 일단 저 사람을 좀 치료해드려야 할 것 같아요."

사람.

누군가에게 범은 사람이었다.

제하에게 후포는 죽어 마땅한 악당이었는데, 그 가족에게 후포는 은인이었다.

그래서 제하는 아버지를 떠올렸다.

만약 신시가 이렇게 될 때까지 아버지가 살아 있었다면, 많은 사람에게 아버지는 그저 증오할 만한 '범'이었을 것이다.

'하지만 나에게는 아버지겠지. 사람.'

주안의 연인이 아직 살아 있다면, 범 사냥꾼들은 그녀를 죽이려고 달려들었겠지만 주안은 그녀를 지키려고 애썼을 것이다.

주안에게 그녀는 '사람'이니까.

그렇다면 이들은?

방금 내가 죽인 이들은 어떨까?

이 범들도 누군가에게는 '사람'이지 않을까?

고민에 빠져 있는 제하의 어깨에 주안이 조심스레 손을 얹었다.

"제하야, 괜찮아?"

"아, 형. 괜찮아."

"내가 할까?"

속 깊은 주안은 제하가 왜 머뭇거리는지 눈치챈 듯했다.

"형도 못 하잖아."

주안은 나래를 잃고 제하와 합류하게 된 후에도 범을 죽이는 것까지만 했을 뿐, 그 목을 자르는 것은 하지 못했다.

누구든 하면 되는 일이기에 대수롭지 않게 생각했었는데, 이제야 주안이 왜 범의 목을 자르지 못했는지 깨달았다.

주안은 이미 범을 '사람'이라고 생각하고 있었던 것이다.

"내가 하마."

하루가 제하의 검을 가져가더니 무표정하게 범들의 목을 슥삭 베어냈다.

제하가 갖고 다니는 보자기를 꺼내서 내밀자, 하루가 잘린 머리를 보자기에 싸면서 말했다.

"이상하지 않느냐, 이 방식."

"뭐가?"

"현상금을 받으려면 범의 머리를 가져가야만 하지. 그저 죽인 증거가 필요하다면 너희가 잘 사용하는 휴대폰으로 사진을 찍어서 인증해도 되는 일인데."

듣고 보니 그랬다.

사진이나 동영상으로 인증해도 되는 일이었다. 반드시 사체가 필요한 거라면 죽은 범을 통째로 들고 가서 보여줘도 되는 일이었다.

하루가 보자기를 잘 묶으며 말을 이었다.

"목을 자르는 건 무자비한 짓이지. 상대가 한낱 짐승이라도 그 목을 잘라내는 건 쉬운 일이 아니야. 생명을 가진 것의 목을 잘라낸다는 건 어지간한 각오가 없으면 어려운 일인데, 이상하지 않느냐."

주안이 고개를 끄덕였다.

"그러네. 정말 이상해. 이렇게 범의 목을 잘라내면 범들의 분노를 부추길 뿐일 텐데. 인간을 잡아먹는 범을 죽이는 거야 어쩔 수 없다 쳐도, 범의 시신을 잘 수습해줘도 괜찮지 않았을까? 이래서야 살아남은 범들의 분노를 부추길 뿐이잖아."

인간을 증오하는 범만 있는 건 아니었다.

나래나 자후처럼 인간에게 좋은 감정을 품은 범도 적지만 존재했다.

하지만 아무리 좋은 감정이 있다 해도, 인간들이 이미 죽은 동족의 머리를 잘라내는 것을 계속 보게 되면 그들의 마음도 변할 것이 분명했다.

범에게 잡아먹히는 인간들이 범을 증오하듯, 인간들에게 목이 썰리는 동족을 보는 범들도 인간을 증오하리라.

묵묵히 하루와 주안의 대화를 듣던 제하의 머릿속에 실처럼 가느다란 빛 하나가 흘러 지나갔다.

무언가 중요한 것이 그 빛에 담겨 있는 것 같은데 아무리 애를 써도 그 끝을 잡을 수가 없었다.

'뭔가 이상해.'

머릿속을 흘러가는 빛 한 자락이 그 이상함의 이유를 담고 있을 것만 같았다.

'뭐가 이상한 거지? 분명 뭔가 중요한 게 있는데, 그걸 잊고 있는 것 같아.'

범바위 뒤의 결계가 깨지고 범들이 신시에 내려와 인간들을 잡아먹기 시작했을 때만 해도, 그저 힘을 길러서 범들을 죽이고 그들의 대장인 후포만 해치우면 모든 일이 끝날 거라고 생각했다.

결계가 깨진 후 벌써 10개월 남짓한 시간이 흘렀다.

그동안 척살검이라는 무기를 얻고, 몸 안에 잠들어 있던 힘을 조금씩 알아가고, 타배의 존재와 두두리처럼 다른 종족이 있다는 것들을 알게 되었다.

그러다 얼마 전에는 이 모든 어둠의 근원인 후포까지 마주하게 되었지만.

'왜 일이 해결되어가는 것 같은 기분이 들지 않지?'

더 복잡해지는 것 같다.

무엇 하나 명료하게 해결되는 것 없이 의문이 쌓이고 어둠이 깊어진다.

'그 괴물은 대체 뭐고……?'

아직도 후포를 짓이겨놓던 괴물을 떠올리면 등골이 오싹해졌다.

그런 괴물을 본 건 처음이고, 어쩌면 그저 돌연변이 같은 존재일지도 모른다.

하지만 왜인지 제하는 그런 존재를 마주하는 게 한 번으로 끝날 것 같지 않다는 불길한 예감이 들었다.

그 예감은 현상금을 수령하려고 방문한 담당처에서 더 짙어졌다.

"현상금이 줄었다고요?"

그럭저럭 쓸 만한 무기 하나가 4, 5억을 가뿐히 넘겼다.

그나마 범 한 마리에 5천만 원이라는 현상금을 받을 수 있기에 어떻게든 돈을 모아서 무기를 마련할 수 있었다.

그런 상황에서 현상금이 천만 원으로 줄었다.

"네에. 아무래도 범은 너무 많고, 환웅 님도 재산이 무한한 건 아니시니까요오."

담당처 직원은 이런 질문을 너무 많이 받아서 지겹다는 듯 말끝을 길게 늘이며 말했다.

"현상금이 천만 원이라고? 이게 말이 돼? 우리는 목숨을 걸고 싸웠다고!"

옆이 시끄러워서 돌아보니, 범 머리를 들고 온 범 사냥꾼이 담당처 직원과 실랑이를 하고 있었다.

저 범 사냥꾼도 현상금이 줄었다는 걸 이제야 알았나 보다.

"천만 원도 적은 돈이 아니잖아요. 그동안 환웅 님이 현상금을 크게 거신 것도 전부 신시 시민을 위해서 희생하신 건데……. 따지고 보면 환웅 님이 현상금을 다 지급해야 하실 이유도 없고……. 천만 원이라도 감사하게 받아가세요."

"그래도 천만 원은 너무하잖아! 요새 무기가 얼마인 줄 알

기나 해? 그나마 5천만 원이라도 벌어보겠다고 목숨 걸고 뛰어든 일인데, 천만 원은 심하지!"

"그럼 범 사냥 안 하시면 되잖습니까? 누가 하라고 강요한 것도 아니고."

직원의 말에 범 사냥꾼은 기가 막힌 듯 멍해졌다가 곧 얼굴을 붉게 물들이고 외쳤다.

"우리 덕분에 너 같은 놈들이 여기서 편하게 앉아서 일하고 사는 거야! 알아? 감사하지는 못할망정!"

"네, 네. 그래서 어쩔까요? 천만 원, 드려요, 말아요?"

직원의 태도가 달라지지 않자 범 사냥꾼이 태도를 바꿨다.

"이봐요, 선생님. 천만 원으로는 정말 무기 하나 못 사요. 이거 한 마리 잡는 걸 나 혼자 할 수 있는 것도 아니고, 동료들이랑 나눠야 하는데…… 그럼 한 사람 수중에 떨어지는 돈이 200만 원 정도밖에 안 된다고. 그 돈 모아서 무기를 어떻게 사겠습니까? 네?"

범 사냥꾼이 우는소리를 하자, 직원이 깊은 한숨을 내쉬며 물었다.

"소속이 어디신데요?"

"소속? 우리 팀 말이요?"

"네. 상위 10위 팀 소속이면 전이랑 똑같은 현상금을 받으실 수 있거든요. 아니, 포수 설치하셨으면 현상금 관련한 알림을 받았을 텐데 제대로 확인 안 하셨어요?"

직원의 질책에 괜히 제하가 뜨끔해서 휴대폰을 꺼냈다.

주안도 슬그머니 휴대폰을 꺼내고 있었다.

포수 앱을 켜자, 가장 상단에 공지사항이 깜빡거리고 있었다.

직원의 말대로 현상금 제도 변경에 대한 공지가 쓰여 있었다.

제 42화

불길한 예감

[상위 10위 안에 드는 팀은 현상금을 전과 동일하게 유지한다.]

가장 마지막에 쓰인 문장을 보고 제하는 미간을 좁혔다.

범 사냥꾼도 공지를 확인한 듯, 직원에게 버럭 성을 냈다.

"상위 10위에 드는 게 쉬운 줄 알아? 우리 같은 영세 팀은 한 달에 세, 네 마리 잡는 것도 힘들다고! 지금 이 한 마리도 얼마나 힘들게 잡았는데! 우리 팀원 한 명은 이거 잡다가 다리 하나가 날아갔다고!"

절박하게 외치는 음성이 담당처 안에 울려 퍼졌지만 직원들은 여전히 지루한 표정이었다.

"상위권에 들려면 착호나 호랑나비 정도는 돼야 한다고! 아,

그러고 보니 그 자식들 묘하게 강하던데……. 환웅이 뒤에서 따로 지원해주는 거 아냐? 그런 거지? 응? 환웅이 키우는 거지?"

착호라는 이름이 들려와서 제하는 어깨를 움찔했다.

착호는 현재 범 사냥 실적이 1위다.

지금 직원에게 착호라고 말하면 전에 받던 현상금을 그대로 받을 수 있을 것이다.

하지만 다리 잃은 동료가 있음에도 천만 원밖에 못 받아서 절규하는 범 사냥꾼의 옆에서 착호라고 말하는 것이 쉽지 않았다.

주안과 하루도 마찬가지 생각인지 제하를 향해 고개를 저었다.

"나중에 다시 오는 게 좋겠어."

"응, 그러자."

범 사냥꾼이 떠나기를 기다렸다가 돈을 받고 나오는 방법도 있겠지만, 그런 와중에 포수가 울리기라도 하면 큰일이었다.

전투가 벌어지기 전에 주안의 무기를 구하는 게 시급했다.

그들은 조용히 발길을 돌렸다.

"내 돈 내놔! 내 돈 내놓으라고오오!"

오늘 처음 보는 범 사냥꾼의 처절한 절규가 제하 일행의 등에 달라붙었다.

거래소를 향해 걷는 동안, 제하 일행은 무거운 침묵에 잠겨 있었다.

침묵을 깨뜨린 건 주안이었다.

"왜 범 사냥꾼들끼리 싸움을 붙이는 거지?"

싸움을 붙인다.

이런 상황에서 아주 적당한 표현이었다.

"다 같이 도와도 모자랄 판에 왜 경쟁을 하게 만드는 거지?"

어쩌면 환웅은 그렇게 해야 범 사냥꾼들이 더 열심히 범을 사냥할 거라고 생각했을지도 모른다.

하지만 제하는 그런 방식은 옳지 않다고 생각했다.

"안 그래도 우리가 좀 강하다는 이유로 호랑나비가 사사건건 우리를 방해하고 죽이려 하잖아. 이런 상황에서 현상금을 가지고 차별하면…… 사냥꾼 팀들 간에 싸움이 벌어지지 않을까? 서로 죽이려고 할지도 모르는데."

제하 일행만 모를 뿐, 벌써 그런 일은 은밀하게 벌어지고 있었다.

의문이 가득한 주안의 말을 듣는 동안, 제하의 머릿속에 또 빛 한 가닥이 빠르게 흘러갔다.

저걸 잡으면 이 불길한 예감의 정체를 알게 될 것 같은데.

이번에도 그 빛 한 자락은 너무 빠르게 움직여서 잡을 수가 없었다.

아무리 대화를 나눠도 답이 나오지 않는 문제에 대해 의견을 나누면서 도착한 거래소는 전에 왔을 때와 분위기가 많이 달라졌다.

몇 달 전까지만 해도 노점상과 컨테이너들이 즐비하고, 상인들이 호객을 하는 소리와 물건을 구경하는 범 사냥꾼들로 북적거렸는데 지금은 마치 망해버린 상점가처럼 조용하고 을씨년스러웠다.

문을 닫은 지 오래되어 보이는 상점들, 관리하지 않아서 부서진 가판대, 거리 여기저기 널려 있는 쓰레기들.

“여기…… 왜 이렇게 된 거지?”

두리번거리던 제하는 가판대를 지키고 있는 상인을 발견하고 그쪽으로 걸어갔다.

가판대 위에는 평범해 보이는 검 두 자루와 총 네 자루가 놓여 있었다.

꾸벅꾸벅 졸던 상인이 인기척을 느낀 듯 번쩍 고개를 들었다.

"오오, 오랜만에 손님이시네."

상인이 눈곱을 떼며 턱으로 무기를 가리켰다.

"간신히 공수해온 무기들인데, 양심적으로다가 내가 봐도 그닥 좋은 건 아니라서 10억씩만 받을게."

"뭐? 10억? 아니, 무슨 이런 무기를 10억이나 받아요?"

제하가 따지고 들자, 상인이 오히려 놀랍다는 듯 제하를 빤히 응시하다가 피식 웃었다.

"지네들, 다른 빔 사냥꾼이랑 안 친한가 봐?"

"예?"

"여길 좀 봐. 거래소 이 지경 된 것 보면 답이 딱 나오지 않아?"

답이 나오기는커녕 의문만 깊어질 뿐이었다.

대답하지 못하는 제하를 보며 상인이 히죽 웃었다.

"순진한 친구구먼. 이봐, 요새 무기상들 싹 다 망했어. 어떤 미친 새끼가 무기가 나오는 족족 사들이거든."

"그게 무슨……?"

"무슨 일인지 알면 우리도 손을 썼겠지. 우리가 뭘 어떻게 해보기도 전에 무기가 다른 쪽으로 흘러 들어간단 말이야. 그래서 어떤 돈 많은 새끼가 사재기라도 하려는 건가 싶었거든? 근데 또 그건 아니더라고. 거래소가 싹 망해버렸으니 무기를 좀 풀 법도 한데, 무기가 안 풀려."

상인의 설명에 따르면, 시중에 나오는 무기가 없어서 범 사냥꾼들은 기존에 갖고 있던 무기를 고쳐서 사용해야만 한다고 했다.

그래서 이런 특수한 힘을 가진 무기들을 잘 다루는 수리공이나 개조 전문가를 찾아가게 되었단다.

"그런데 좀 이상한 게…… 요새 실종자들이 늘고 있어. 실력 좋다고 소문난 수리공이나 개조 전문가 놈들이 소리소문없이 사라지고 있나 봐. 그러니 어떻게 되겠어? 이런 무기라도 비싸게 팔 수밖에 없지. 그나마 나는 양심적이라서 이 가격에 파는 거야. 저기 저쪽에 있는 놈은 별 힘도 없는 무기를 10억 넘게 받고 판다니까?"

상인이 안쪽을 가리키며 말했다.

아직 무기를 파는 노점상이 몇 군데 더 있기는 했다.

"내 말 못 믿겠으면 가서 가격 보고 오든가."

"그런 것보다…… 실종이라니, 그것 좀 자세하게 말해주세요."

제하는 무기도 무기지만 실종자들이 더 마음에 걸렸다.

불티와 마로는 이상한 기계들로 가득한 백화점 지하에 사람들을 가둬두고 끔찍한 고문을 했었다.

또 그런 일이 벌어지는 게 아닌가 싶어서 불안했다.

"아, 그거……. 나도 자세하게 아는 건 아닌데. 아니, 뭐, 너무 이상한 소리라서 헛소문인가 싶기도 한데…… 어떤 검은색 괴물이……."

상인이 자신 없는 표정으로 거기까지 말했을 때였다.

포수가 울렸다.

제하와 주안은 동시에 휴대폰을 꺼내 위치를 확인했다.

거래소에서 한 블록 떨어진 곳이었다.

"이거부터 해결하고 올게요."

돌아서는 제하의 귀에 상인의 외침이 들려왔다.

"아! 어디서 봤다 싶었는데, 착호구만! 맞지? 우리 아들이 그쪽 팬이여! 다음에 문제 생기면 꼭 와달라고!"

✧✧✧

다세대주택으로 이뤄진 주택가의 골목을 성진은 조용히 내려다봤다.

성진은 한 다세대주택의 옥상에 숨어 있었다.

이 근처 주택이란 주택에는 전부 동철이 붙여준 호랑나비의 사냥꾼들이 숨어 있었다. 그들은 동철이 그동안 모아온 무기들을 하나씩 들고 있었다.

'제아무리 강해도 마흔 명이 넘는 인원을 이길 수는 없겠지.'

동철의 말로는 요새 무기를 수급하기가 힘든 상황이라고 했다.

동철은 진즉에 무기를 모아뒀지만, 누군가가 무기가 나오는 족족 사들이고 있다고 했다.

"무기 부서뜨리지 말고 싸워라. 네놈 몸값보다 비싸니까."

개새X라고 성진은 생각했다.

처음에 호랑나비를 키운 건 동철이지만 그 후로 호랑나비를 유지해온 건 팀원들이었다.

'저렴한 건 네놈 몸값이겠지.'

물론 성진은 동철의 앞에서 그런 속내를 감출 만한 이성은 남아 있었다.

'두고 봐라. 내가 제하 그 새끼 쳐 죽이고 호랑나비에 돌아가고 나면, 그다음은 네놈 차례일 테니까.'

성진은 언제까지고 동철의 밑에서 뒤치다꺼리를 해줄 생각이 없었다.

호랑나비에 돌아가기만 하면 내 팀을 제대로 꾸리고 내 편을 늘려서 동철의 자리를 차지할 계획이었다.

'오늘로 일곱 번째.'

그저께부터 착호 본부 근처에서 포수를 사용했지만 계속 실패했다.

여러 번 울려대면 의심을 받을 것 같아서 하루에 두 번에서 세 번 정도 포수를 울리기로 했다.

조금 전에 누른 것이 일곱 번째였다.

'더 시간을 끌면 동철이 새끼 인내심도 끊기겠지. 빨리 와라, 빨리.'

초조하게 기다리는 성진의 눈에 골목 저편에서 달려오는 사람들이 보였다.

성진은 저무는 노을에 드러난 그들의 얼굴을 확인하고 회심의 미소를 지었다.

'드디어 왔구나, 착호!'

⁂

채앵-!

여자의 목으로 향하던 긴 손톱을 검은색 검이 막아냈다.

손톱과 검이 부딪치며 귀를 찢을 것 같은 소리를 냈다.

여자를 공격하고 있던 얼룩 범이 콧등을 찡그렸다.

"사냥꾼 새끼."

크르르르-

범이 으르렁거리자, 죽을 뻔했던 여자가 털썩 주저앉았다.

그녀는 비명을 지를 여유도 없는 듯, 연인의 팔을 붙잡고 덜덜 떨고 있었다.

남자는 덜덜 떨리는 손으로 여자의 어깨를 끌어안고 범과 사냥꾼의 싸움을 지켜봤다.

제하가 가로로 검을 휘두르자, 범이 뒤로 가볍게 뛰어 검날을 피했다.

무릎을 굽혀 몸을 날리려는 범의 다리에 어디선가 날아온 붉은 오랏줄이 감겼다.

"젠장."

범이 욕설을 내뱉으며 긴 손톱으로 오랏줄을 끊어내려 했지만, 보기보다 단단한 오랏줄을 쉬이 끊을 수는 없었다.

범이 허둥거리는 사이에 제하가 달려들었다.

범은 제하의 공격을 빠르게 간파하고 몸을 옆으로 굴렸다.

툭-

범이 뭔가에 부딪혀서 멈췄다.

벽인 줄 알았다.

길어진 손톱이 눈에 들어와서 이번에는 동족인 줄 알았다.

그러나 동족의 것과 같은 손톱은 무자비하게 범의 심장을 노리고 들어왔다.

범은 몸을 비틀어 손톱을 피했다.

터엉-!

손톱이 땅을 찧는 소리가 크게 울렸다.

범은 손톱을 빠르게 움직여 오랏줄을 끊어내고 순식간에 일어나 공기를 밟고 올라섰다.

그런 범의 다리를 노리며 척살검이 날아왔지만, 범은 검을 차내고 품에서 단도를 꺼내 제하를 향해 던졌다.

제하의 미간을 노리고 날아오는 단도.

피하기에는 늦었다.

제하는 단단한 팔을 휘둘러 단도를 쳐냈다.

자신이 날린 단도가 나가떨어지는 걸 보며 얼룩 범은 인상을 찌푸렸다.

평범한 인간이 날린 단도라면 저게 가능하겠지만 얼룩 범은 중급에서 상급으로 넘어가는 수준의 힘을 가지고 있었다.

그런 얼룩 범의 힘이 담긴 단도를 인간의 육체로 가볍게 쳐내는 건 불가능한 일이었다.

범 사냥꾼들이 평범한 인간을 뛰어넘는 능력을 갖게 되었다는 건 알지만, 그래 봐야 범들 눈에는 어린애 수준으로만 보였다.

'설마…… 곰의 힘이 깨어난 건가?'

셋이서 몰려다니는 사냥꾼 따위, 쉽게 처리할 수 있다고 생각했는데 아무래도 안 되겠다.

얼룩 범은 자신과 똑같이 공기를 밟고 도약하는 주안을 노려보며 하늘을 향해 효후했다.

"크허어어어엉!"

동료를 불러들였다.

제 43화

대체 왜?

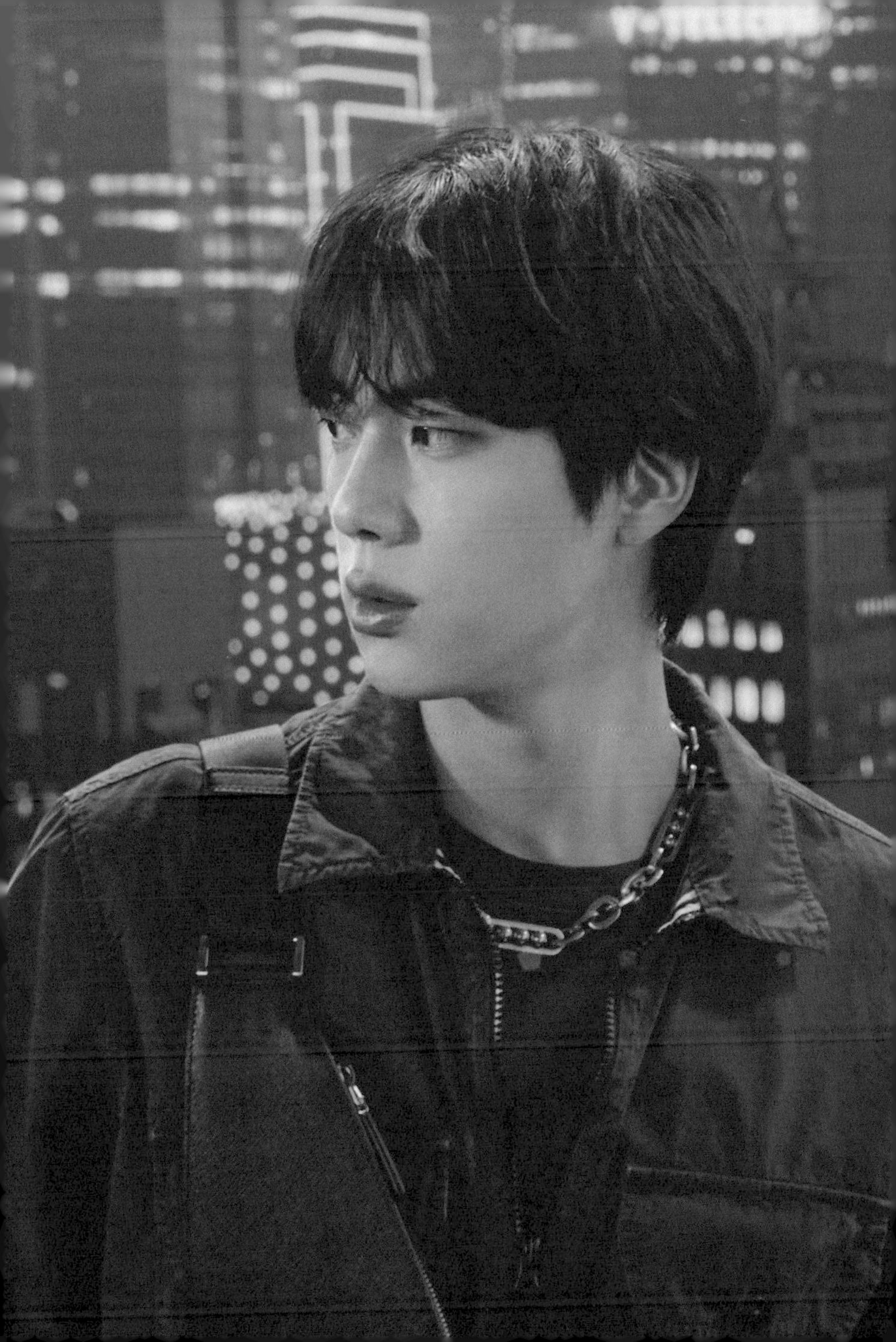

포수 알람을 확인하고 달려온 호수와 세인, 환, 그리고 도건은 울적한 표정으로 서 있는 남자를 보았다.

뿔테 안경을 쓴 남자는 호수가 다가가자 어깨를 움찔 떨었다.

"포수를 사용한 분입니까?"

"아, 네에……."

"범들은……?"

"저기……, 제 친구를……."

남자가 골목을 가리켰다.

호수는 남자의 태도가 어딘지 모르게 이상하다고 생각했다.

'친구가 범한테 잡혀서 죽어가는데 왜 이렇게 침착하지?'

하지만 쓸데없는 고민을 할 틈이 없었다.

괜한 생각으로 머뭇거리다가 살릴 수 있는 생명을 놓칠지도 모른다.

어쩌면 납치당해서 자신이 당했던 것과 같은 짓을 당할지도 모른다.

환과 세인은 이미 골목 안으로 달려가고 있었다.

호수도 도건과 함께 그들의 뒤를 따랐다.

하지만 아무리 달려도 범이 인간을 습격하는 소리 같은 건 들리지 않았다.

습격 후에 공기 중에 퍼지는 피비린내 또한 없었다.

이윽고 골목길 끝에 도착했을 때, 세인이 인상을 찡그렸다.

"뭐야? 아무도 없는데?"

"습격 흔적도……."

거기까지 말했을 때였다.

타앙-!

총성과 함께.

"도망쳐!"

누군가가 외쳤고.

"헉!"

세인의 눈이 커졌고.

"세인아!"

도건과 환이 동시에 외쳤고.

"어……."

세인이 자신의 배를 움켜쥐었고.

풀썩-

그대로 허물어졌다.

얼룩 범이 불러들인 범들이 도착하기 전에 제하는 얼룩 범의 목을 베었다.

"도망쳐요."

제하는 아직도 주저앉아서 바들바들 떠는 연인에게 말했다.

제하와 하루, 주안 셋이서 여러 마리의 범들을 상대하는 건 무리였다.

"어서 도망쳐요!"

주안이 남자의 팔을 잡아서 억지로 일으키며 말했다.

하지만 늦었다.

휘익-!

주안의 목 뒤로 선뜩한 기운이 다가왔다.

주안은 피하려다가, 자신이 피하면 연인이 다친다는 걸 깨닫고는 그대로 팔을 들어서 손톱을 막아냈다.

서걱-

범의 힘이 담긴 주안의 팔은 완전히 잘리진 않았지만 깊게 베였다.

뒤늦게 날아온 오랏줄이 범의 오른팔을 묶었다.

하루는 두 다리로 단단히 버티고 서서, 범을 끌어당겨 주안에게서 떨어뜨렸다.

갈색 범은 하루에게 끌려가며 이미 죽은 제 동족을 확인하더니 울부짖었다.

"크허어어……."

소리가 크게 울려 퍼지기 전, 제하가 팔꿈치로 갈색 범의 명치를 찍었다.

"커헉!"

갈색 범이 쿨럭, 쿨럭, 잔기침을 내뱉었다.

갈색 범은 타격에 고통스러워하는 척하면서 왼손에 힘을 실어 제하를 향해 뻗었다.

세인이 들려준 얘기 중에는 그런 부분이 없었다.

하지만 타배를 두둔하기에는 타배에 대해 잘 알지 못했다.

제하 일행이 아는 것은 타배가 신시의 평화를 위해 앞장서서 싸웠다는 것뿐.

"타배는 신시를 위해……."

"아, 너도 타배를 아느냐? 풍래가 얘기해줬나?"

"아니. 아버지는 그런 얘기를 해준 적 없어. 그런 얘기를 해주기도 전에 네놈들 손에 죽었으니까."

제하의 말에 갈색 범의 눈동자가 일렁, 흔들렸다.

하지만 그건 아주 짧은 순간이라서 아무도 눈치채지 못했다.

"배신자는 죽어야지. 풍래, 그 새끼는 타배가 곰들이랑 한 짓을 알면서도……, 타배 그 자식 손에 제 동생을 잃었으면서도 곰이랑 붙어먹었으니……."

갈색 범이 거기까지 말했을 때였다.

"흐…… 흐아아아아. 아아아아."

"으아…… 으아으아……."

갈색 범을 신경 쓰느라 잊고 있던 연인이 갑자기 괴상한 소리를 내기 시작했다.

무슨 일인가 싶어서 돌아봤더니, 연인은 제하의 뒤쪽 어딘가를 보고 있었다.

그때였다.

"으헉! 저게 뭐야?"

갈색 범이 경악한 듯 외쳤다.

제하의 등을 타고 식은땀이 흘렀다.

'뭔가 있어.'

등 뒤에 무언가 있다.

아주 불길하고 어두운 무언가가.

제하의 기민한 감은, 돌아서 확인하기도 전에 그것이 무엇인지 알려주었다.

'저번에 본 그 괴물.'

제하는 검을 움켜쥐고 돌아섰다.

동시에, 악취를 풍기는 독액이 제하를 향해 쏟아져 내렸다.

덥석-

환이 쓰러지는 세인을 받쳐 들었다.

호수가 빠르게 주위를 살폈다. 범의 힘을 받아 예민해진 감을 더욱 날카롭게 벼렸다.

'범이 아니야.'

범 특유의 기운이 느껴지지 않았다.

"오른쪽 옥상에 둘."

호수가 말하는 도중에 또다시 총성이 울렸다.

탕- 타앙- 탕-!

난무하는 총알이 호수 일행을 향해 날아왔다.

그중에는 범 사냥꾼의 힘이 실려, 목표를 따라다니는 총알도 있었다.

'이대로는 안 돼.'

호수는 범의 힘을 끌어올렸다.

뱃속에 웅크리고 있던 범의 힘이 눈을 떴다.

새벽녘 태양이 고개를 드는 것처럼 붉게 움튼 힘이 빠르게 퍼져나갔다.

호수는 팔을 휘둘러 도건을 밀어내고, 세인을 안고 있는 환의 허리를 다른 한 팔로 감은 채 몸을 날렸다.

그러면서도 도건의 상태를 확인했다.

호수에게 밀쳐진 도건은 재빨리 몸을 굴려 전봇대 뒤로 몸을 숨기며 총을 발사했다.

총알이 날아가 표적을 따라다니는 총알을 관통했다.

나머지 총알들은 방금 호수 일행이 서 있던 자리에 폭우처럼 쏟아졌다.

파바바밧-!

떨어지는 총알의 개수를 호수는 순식간에 확인했다.

'얼추 서른 명 정도 되겠군.'

타앙-! 탕-!

또다시 총성이 울렸다.

몇 개의 총알은 도건이 몸을 감추고 있는 전봇대에, 또 몇 개의 총알은 호수 쪽으로 날아왔다.

환의 허리를 감아서 안고 도약해서 총알을 피하며 호수는 다시 한번 힘을 끌어올렸다.

호수의 팔과 다리에서 검은 기운이 스멀스멀 흘러나오다가 사방으로 분무했다.

짙게 퍼지는 검은 안개에 여기저기서 소란이 일었다.

"이, 이거 뭐야?"

"범이다, 범이 나타났어!"

"아니야, 이거 저 새끼가 한 거야."

“미친, 사람이 어떻게 이걸 해? 범이라고! 정신들 차려!”

안개를 일으키는 호수의 눈에 핏발이 섰다.

‘대체 왜?’

이해할 수가 없었다.

‘왜 같은 범 사냥꾼이 우리를 죽이려 하는 거지?’

분노가 들끓었다. 용암처럼 흘러나온 분노가 검은 안개를 더욱 검게 물들였다.

마치 손에 잡힐 듯한 물질감을 가지고 번진 검은색 안개가 주택가 일대를 집어삼켰다.

도건은 눈을 감고 들리는 기척에 집중했다.

호수의 육체에서 검은 안개가 흘러나올 때부터 이런 일이 벌어지리라는 걸 예상했다.

시야가 막혀 허둥거리는 사람들, 우왕좌왕하는 움직임.

‘호수가 이 안개를 유지하는 시간은 길지 않을 거야.’

평소보다 짙은 만큼 힘의 소모도 빠를 것이다.

안개가 걷히기 전, 몇 명이라도 처리해둬야 했다.

‘대체 왜?’

울분을 담은 의문을 도건은 빠르게 지웠다.

지금은 의문보다 전투에 집중해야 할 때다.

머리가 차게 식고 심장은 뜨거워졌다. 도건도 알지 못했던 힘이 고요히 싹터 올랐다.

눈을 감고 있음에도 기민해진 감각이 적의 움직임을 예리하게 잡아냈다.

빠르게 움직이는 총구가 표적을 정확히 겨냥했다.

쌕- 쌔액-

총을 떠난 총알이.

"헉!"

"크헉!"

"으아아아아!"

표적을 정확하게 꿰뚫었다.

여기저기서 비명이 울려 퍼졌다.

'다섯 명은 처리했어.'

죽지는 않았어도 싸울 수는 없는 상황일 것이다.

안개가 퍼진 후, 도건이 총을 쏘기까지 걸린 시간이 10초.

또 다음 몇 초가 지나는 동안, 도건은 일곱 명을 더 쓰러뜨렸다.

환도 가만히 있지는 않았다.

그나마 안전해 보이는 좁은 골목에 세인을 눕혀두고, 그 골목 옆의 주택 옥상으로 훌쩍 뛰어 올라갔다.

인간이라고는 할 수 없는 도약을 하면서도 환은 자신이 그런 힘을 냈다는 걸 눈치채지 못했다.

옥상에서 느껴지는 기척이 둘.

앞이 보이지 않아서 우왕좌왕하며 도망치려는 그들을, 활로 후려쳐서 기절시키고 한 놈씩 들어서 밖으로 내던졌다.

높은 건물이 아니니 죽지는 않을 거다.

환은 옥상 난간에 한 다리를 올리고 서서, 적이 있음직한 곳으로 활을 쐈다.

“크아아악!”

시위를 떠난 화살은 정확하게 표적을 관통했다.

비명과 신음으로 화살의 적중 여부를 확인하며 환은 쉴 새 없이 등에 멘 활통에서 화살을 뽑아 활시위를 당겼다.

호수는 건물에서 허둥지둥 도망쳐 나오는 적들을 처리하고 있었다. 호수가 움직일 때마다 그를 둘러싼 검은 안개가 파도처럼 물결쳤다.

환은 아직 건물 위에 남은 놈들을 신경 쓰며 호수를 엄호하느라 뒤에서 조용히 다가오는 적을 눈치채지 못했다.

착호가 강하다고는 해도 호랑나비의 사냥꾼들 역시 유전자에 각인되어 있던 고대의 힘이 깨어난 자들이었다.

작정하고 은신한 놈의 기척을 싸우느라 정신없는 환이 간파하는 건 무리였다.

발소리를 죽이고 다가온 사냥꾼이 사냥용 칼을 들어 올렸다.

놈은 무방비한 환의 목 뒤를 향해 칼을 세워 내리꽂았다.

제 44화

송충이

이건 아니라고, 경태는 생각했다.

성진이 어디선가 섭외해온 일반인에게 우리를 도와주면 앞으로 두 번은 공짜로 지켜주겠다는 말을 할 때부터 이건 정말 아니라고 생각했다.

아니, 어쩌면 그전부터.

포수 앱으로 도움을 청한 일반인들에게 수고료 명목으로 돈을 받기 시작했을 때부터 이래서는 안 된다는 생각을 꾸준히 하고 있었다.

모난 녀석이 되고 싶지 않았다.

어릴 때부터 아둔하다는 말을 자주 들었다.

미련할 정도로 순진하고, 멍청할 정도로 착하다는 말이 욕이라는 걸 스무 살이 넘고서야 알게 되었다.

친구들에게 하는 옳은 소리에 친구들은 한목소리로 말했다.

"너무 모나게 굴지 마."

"너만 착하고 너만 잘났냐? 우리도 다 아는데 살다 보면 교과서에 나오는 대로만 행동할 수는 없는 순간도 있는 거라고."

그래서 경태는 자신이 잘못된 줄 알았다.

안 되는 일에 안 된다고 말하고, 나쁜 일에 나쁘다고 말하는 게 잘못된 줄 알았다.

그래서 사람들이 옳지 못한 소리를 하며 웃어대면 웃기지 않아도 함께 웃기 위해 노력했다.

그렇게 살다가 친구들에게 휘말려 강도질을 했고, 저지른 것보다 큰 벌을 받게 되었다.

그조차 경태는 친구들을 탓하지 않았다. 친구들을 말리지 못하고 함께한 자신에게도 죄가 있다고 생각했다.

호랑나비에 들어온 후에도 마찬가지였다.

이건 아니다 싶은 일이 벌어져도 경태는 언제나처럼 눈을 감고 귀를 막으려 노력했다.

모난 녀석이 되고 싶지 않다. 동철에게 미움을 받고 싶지 않다. 모두에게 착한 척, 잘난 척하는 녀석으로 보이고 싶지 않다.

'하지만 이건 아니야.'

호랑나비의 사냥꾼 수가 점점 줄고 있었다.

들리는 소문에 의하면, 다른 팀에 속한 사냥꾼도 사냥을 나갔다가 실종되는 일이 잦아졌다고 한다.

게다가 무기 제작자와 수리공, 무기 개조사들도 하나둘씩 사라진다는 이야기가 있었다.

무언가 벌어지고 있다.

무슨 일인지는 감도 잡히지 않지만, 범의 습격과는 다른 종류의 불길한 무언가가 신시를 물들이고 있다.

하지만 이런 이야기는 동철의 귀에 닿지 않았다.

경태는 도무지 동철과 성진을 이해할 수가 없었다.

다 같이 힘을 합쳐서 신시를 지켜야 하는 상황에 왜 자기 할 일을 열심히 하는 착호를 죽이는 데 온 신경을 쏟는 걸까?

왜 성과가 좋은 다른 팀의 사냥꾼들을 습격해서 제거하려고 하는 걸까?

여러 의문이 싹텄지만 모난 녀석이 되고 싶지 않기에 경태는 지금껏 성진의 명령대로 행동했다.

하지만 첫 총성이 울리고, 그저 남을 돕기 위해 달려왔던 세인이 쓰러지는 순간.

"도망쳐!"

저도 모르게 외친 소리 때문에 옆에 있던 팀원의 공격을 받았다.

"성진 형님이 넌 배신 때릴 거라고 지켜보라고 하셨지."

경태는 한때 자기 팀의 팀원이었던 부하의 배신을 믿을 수 없었지만, 재빨리 몸을 날려 공격을 피했다.

마음먹고 싸우면 충분히 승산이 있었지만 동료를 다치게 하고 싶지 않았다.

그래서 도망치려는데 다른 팀원이 발을 걸어 경태를 넘어뜨렸다.

이 건물 옥상에 주둔하고 있던 팀원은 경태를 제외하고 두 명.

경태는 자신을 제외한 모두가 동철과 성진의 계획에 완전히 찬성하고 있다는 걸 깨달았다.

달려드는 팀원을 제압하며 엎치락뒤치락하고 있을 때, 갑자기 어둠이 깔렸다.

강한 범들이 사용하는 검은 안개였다.

팀원들은 범이 나타난 줄 알고 허둥거렸다.

그러는 동안 경태는 옥상으로 향하는 계단이 있음직한 곳을 향해 기어갔다.

총성과 비명이 수도 없이 울려 퍼지는 와중에.

터억-!

누군가 옥상 위에 내려서는 소리가 들렸다.

퍽-! 퍼억-!

방금 전 경태를 공격하던 팀원들이 무언가에 가격당해 쓰러지고 내던져지는 소리도 들렸다.

'범은 아닌 것 같은데…….'

곧 화살이 날아가는 소리가 들렸다.

그제야 경태는 착호의 팀원 중에 활을 들고 다니는 사내가 있다는 걸 떠올렸다.

경태보다 조금 어려 보이는, 선량해 보이는 인상의 청년.

총성과 화살이 날아가는 소리에 맞춰 동료들의 비명이 들려왔지만 경태는 안심했다.

그때, 누군가의 기척이 환을 향해 다가가는 걸 느꼈다.

살기가 전해졌다.

범이 나타났을지도 모르는 이런 상황에서도 호랑나비의 사냥꾼은 여전히 착호를 죽이는 데 집중하고 있었다.
경태는 저도 모르게 그를 향해 달려들었다.
푸욱-!
환의 목을 찌르기 위해 세웠던 칼이 경태의 어깨를 뚫었다.
"크!"
경태가 작게 신음하는 순간, 칼이 뽑혔다가 이번에는 경태의 복부를 찌르고 들어왔다.
어깨의 격렬한 통증 때문에, 배로 들어오는 칼날을 막지 못했다.
투욱-
비틀거리던 경태의 등이 환의 등에 부딪혔다.
환은 반사적으로 경태의 팔을 잡아 끌어당기며 공격한 놈을 발로 걷어찼다.
쭉 밀려났던 놈이 금세 자세를 잡으려 했지만 환이 더 빨랐다.
두 개의 화살이 거의 시간차를 두지 않고 놈의 배와 허벅지에 박혔다.
"크아아악!"
환은 비명을 지르며 무릎이 꺾인 놈을 향해 달려가, 머리를 발로 걷어차 기절시켰다.

서서히 검은 안개가 걷히기 시작했다.

어느새 지붕 위로 올라간 도건의 눈에 저 멀리 도망치는 사내가 보였다.

그의 뒷모습을, 도건은 기억했다.

전에도 본 적이 있으니까.

성진.

도건은 팔을 쭉 뻗어 총을 겨냥하고 방아쇠를 당겼다.

날아간 총알이 성진의 등을 파고들어 척추를 부쉈다.

성진의 몸이 뒤로 꺾였다가 풀썩 쓰러지는 것과 동시에 검은 안개가 완전히 사라졌다.

제하는 몸을 굴려 독액을 피했다.

녹푸른 독액이 쏟아진 땅이 검게 썩어들어갔다.

"저게……."

하루의 오랏줄에 매달려 끌려간 갈색 범의 눈이 공포에 물들었다.

6미터가 넘는 거대하고 통통한 송충이의 몸통에 노인의 얼굴이 달려 있었다.

크고 긴 얼굴은 인간의 것처럼 보이지 않았다.

퀭하게 들어간 눈과 번들거리는 핏빛 눈동자, 그저 구멍이 뚫렸을 뿐인 코와 여러 겹으로 난 뾰족한 이빨들.

하루가 갈색 범을 묶고 있던 오랏줄을 거둬 괴물을 향해 던졌다.

괴물이 또다시 독액을 토해냈다.

독액에 맞은 오랏줄이 힘없이 꿈틀거리다가 바닥에 툭 떨어졌다.

송충이 같은 몸통에 뾰족하고 짧은 다리들이 꿈틀거렸다.

두툼한 몸통이 꿀렁꿀렁 움직일 때마다 괴물이 제하 일행과 가까워졌다.

'몸통에도 독이 있을까? 저걸 베도 이 검이 무사할까?'

강철처럼 보이는 머리와 달리 몸통은 연해 보였다.

"형, 저놈의 주의 좀 끌어줘. 내가 정면에서 저 몸뚱이를 갈라볼게."

제하의 말에 주안이 땅을 박차 올랐다.

공기를 밟고 괴물의 뒤로 간 주안이 길게 자란 손톱으로 괴물의 머리를 그었지만 터엉, 하는 소리와 함께 밀려날 뿐이었다.

'역시 저 머리통은 부수기 힘들 거야.'

제하가 검을 고쳐 쥐는 순간이었다.

슈아아악-

괴물의 몸통에서 녹푸른 안개 같은 것이 뿜어져 나왔다.

"독!"

하루가 외치며 제하를 향해 몸을 날렸다.

괴물과 가까이에 있던 제하는 독 안개를 뒤집어썼지만 하루가 곧바로 밀어낸 덕에 크게 몸이 상하지는 않았다.

하지만 그들은 잊고 있었다.

아직 도망치지 못한 일반인이 있다는 걸.

"아…… 아…… 아아아아악!"

끔찍한 비명에 돌아보자, 온몸이 검게 녹아내리는 연인이 눈에 들어왔다.

제하가 무엇 하나 해보기도 전에, 아무 힘 없는 그들은 그대로 녹아서 질퍽하게 흘러내렸다.

슈와아악-

괴물이 또 한 번 안개를 뿜어냈다.

제하는 그 안개가 배 쪽에서만 뿜어져 나오는 걸 확인했다.

'등을 베어야겠군.'

제하가 괴물의 등 쪽으로 달려가려는데.

파바바밧-!

가시 같은 것들이 산개했다.

하나하나 강력한 힘을 가지고 벽이나 땅에 꽂힌 가시들.

제하의 오른쪽 팔뚝에도 몇 개가 꽂혔다.

"으으으윽!"

꽂히는 순간부터 느껴지는 격통.

가시에 묻어 있던 독이 혈관을 타고 퍼지고 있었다.

제하는 주먹을 꽉 쥐었다.

심장 옆 어딘가에 존재하는 힘을 오른쪽 팔을 향해 밀어내듯 내보냈다.

본능적으로 그리했다.

잠들어 있던 힘이 해일처럼 오른팔을 향해 움직였다.

뜨거운 열기와 함께 제하의 오른팔이 강철처럼 단단해지며 꽂혀 있던 가시들을 밀어냈다.

투두둑-

떨어지는 가시를 확인할 새가 없었다.

육체 내부에서 스스로 해독을 하는 느낌을 눈치채지도 못했다.

제하는 그저 저 괴물을 죽여야 한다는 생각뿐이었다.

파바바밧-!

제하가 괴물의 뒤쪽으로 돌아가려 하자, 괴물이 제하 쪽으로 몸뚱이를 돌리며 가시를 쏘았다.

이번에 제하는 멈추지 않았다. 왜인지 그래도 될 것 같았다.

가시들은 제하의 단단한 피부를 뚫지 못한 채 튕겨 나갔다.

하지만 독 안개까지 막지는 못했다.

독 안개에 닿은 피부가 검게 썩었다가 재생하기를 반복했고, 비강을 타고 폐로 들어간 독이 제하의 폐를 서서히 잠식했다.

제하 자신도 눈치채지 못한 독 저항을 사용하고 있었지만 아직 완전히 개화하지 못한 힘이기에 괴물의 독을 이길 수는 없었다.

괴물의 꼬리를 피해 이리저리 몸을 날리며 괴물의 뒤로 돌아왔을 뿐인데 숨이 벅찼다.

왈칵-

피를 토해내면서도 제하는 괴물의 등으로 뛰어올랐다.

제하가 붙은 걸 눈치챈 괴물이 거세게 몸을 흔들었다.

마침 괴물의 머리와 몸통이 연결된 부위를 손톱으로 찍으려던 주안이 괴물의 몸부림에 튕겨 나갔다.

괴물의 얼굴이 땅으로 떨어지는 주안에게로 향했다.

제하는 괴물이 주안을 향해 가시를 쏘리라는 것을 예감하고, 주안을 향해 몸을 날리며 육체를 강화시켰다.

그 또한 깨닫지 못한 채 해낸 일이었다.

주안을 끌어안자마자 무수히 많은 독 가시가 제하의 등에 부딪혔다.

대부분 떨어져 나갔으나 몇 개는 피부를 뚫고 깊이 들어와 박혔다.

독 안개 때문에 내상을 입은 탓에 충분한 힘을 발휘하지 못한 탓이었다.

"쿨럭……."

제하는 또 한 번 피를 토해냈다.

오장육부가 뒤집히는 고통이 시작되었지만 멈출 수는 없었다.

이 와중에도 하루는 이리저리 움직이며 괴물의 시선을 끌려고 노력하고 있었다.

갈색 범도 마찬가지였다.

하루와 갈색 범은 협력해서 괴물을 상대했지만, 그것이 쏘아 보낸 독 안개와 독 가시 때문에 서서히 약해지고 있었다.

공기를 밟고 날뛰다가 고통 때문에 삐끗한 갈색 범을 향해 괴물의 입이 벌어졌다.

하루가 날린 오랏줄이 갈색 범의 몸통을 감아 끌어 올렸지만 완전히 빼내지는 못했다.

콰직-!

괴물의 날카로운 이빨이 갈색 범의 발목을 씹었다.

"크허어어어엉!"

갈색 범이 포효했다.

검을 들고 비틀거리는 제하의 눈에서 피가 흘러내렸다.

독 안개 때문에 엉망으로 헤집어진 육체를 치료할 힘이 더는 남지 않은 탓이었다.

주안도 비슷한 상황이었고, 그나마 열심히 독 안개를 피해 다니던 하루의 몸도 여기저기 검게 썩어가기 시작했다.

제 45화

환멸

그나마 다행인 건, 괴물의 독 안개와 독 가시가 무한하지는 않다는 점이었다.

괴물은 독 안개의 분사를 멈추고, 수백 개의 다리를 꿀렁꿀렁 움직이며 갈색 범의 정강이를 씹는 데 집중하고 있었다.

"크허어어어엉!"

갈색 범이 한 번 더 효후했다.

"뭔가…… 올 거야…… 누구든…… 오겠지……."

제하가 헐떡거리며 말할 때마다 입에서 피가 흘러나왔다.

"형은 일단…… 도망쳐…… 그래서……."

주안이 제하의 어깨를 잡고 말을 멈추게 했다.

타는 듯한 주안의 눈동자는 괴물을 향해 있었다.

"한 번 더…… 해보자……. 내가 한 번 더…… 바람 이동을 사용해서…… 저놈 위로 갈 수 있어……. 널 데려다줄게……."

제하는 주안이 그렇게 할 수 없을 거라고 생각했다.

주안의 손톱이 점점 짧아지고 있었다. 전투 상태를 유지할 힘이 남지 않았다는 의미였다.

하지만 제하는 고개를 끄덕였다.

"응. 형……, 부탁해……."

한 번도 척살검의 무게를 느낀 적이 없는데 지금은 척살검이 몹시 무겁게 느껴졌다.

몇 번이나 떨어뜨릴 뻔한 검을 움켜쥐며 주안이 자신을 데리고 뛰어오르기를 기다렸다.

하지만.

풀썩-

주안이 쓰러졌다.

"큭!"

신음에 돌아보자, 길어진 손톱 열 개를 전부 괴물의 몸통에 박아넣었던 주안이 손톱이 잘린 채 나가떨어지고 있었다.

갈색 범을 거의 다 삼킨 괴물의 모습이 서서히 변하고 있었다.

짧고 북슬거리던 송충이의 다리들이 점점 길어져서 그 길어진 다리로 주안의 손톱을 잘라내고 후려친 것이었다.

'말도 안 돼…….'

수백 개나 되는 다리는 마치 강철처럼 강해 보였다.

'저걸…… 어떻게 상대해……?'

제하의 시야 끝이 까맣게 물들었다.

제하는 자신이 기절하려고 하는 걸지도 모른다고 생각했다.

아니었다.

어디선가 시작된 검은 안개가 빠른 속도로 다가오고 있었다.

검은 안개가 걷히자 환은 자기 옆에 쓰러진 경태를 볼 수 있었다.

경태는 어깨와 배에 깊은 상처를 입어서 위험한 상태였다.

경태의 손목에 호랑나비라는 문신이 새겨져 있었지만, 환은 이 남자가 자신을 도왔다는 걸 알았다.

적의 검이 환의 목을 찌르려는 순간, 환은 솜털이 바짝 서는 걸 느꼈다.

하지만 호수의 근처에 접근하는 적에게 활을 쏘느라 뒤를 돌아볼 수가 없었다.

그 공격을, 경태가 대신 맞아준 것이다.

함정까지 파서 우리를 죽이려 했으면서 이제 와서 도와준 경태의 행동을 이해할 수 없었다.

하지만 이 남자 덕분에 살았다.

환은 허리를 굽혀 경태를 번쩍 들어 짊어지고 아래로 내려갔다.

도건은 상황이 종료되자마자 세인을 향해 달려갔다.

호수는 이미 세인의 옆에 쭈그리고 앉아 그의 상의를 걷어내고 상처를 살피는 중이었다.

"이것 봐."

호수가 돌아보지도 않고 세인의 상처를 가리켰다.

"상처가 거의 아물어가고 있어. 피도 생각보다 적게 흘렸고."

"하씨. 엄청 걱정했는데."

도건이 세인의 옆에 털썩 주저앉았다.

그제야 호수가 도건을 돌아봤다.

"너, 많이 다쳤다."

"너도."

피한다고 피했지만 미처 피하지 못한 총알들이 도건과 호수의 몸 곳곳에 상처를 입혔다.

하필이면 이마를 스치고 지나간 총알 때문에, 도건의 얼굴은 피범벅이었다.

도건이 손등으로 이마를 슥 닦아내자 호수가 미간을 좁혔다.

"네 상처도 아물었어."

"뭐? 내 상처가?"

'난 평범한 인간인데?'라는 말을, 도건은 꿀꺽 삼켰다.

"으으……."

그때, 세인이 깨어났다.

세인이 무의식적으로 자신의 배에 손을 가져가며 말했다.

"아파……. 다 죽여버릴 거야……."

"다 끝났어."

"뭐?"

도건의 말에 세인이 벌떡 몸을 일으키더니 주위를 둘러봤다.

골목 안쪽이라서 잘 보이지는 않지만, 저 멀리 쓰러진 남자가 눈에 들어왔다.

“저, 저 새끼들, 대체 뭐야? 뭔데 왜 우리를 공격한 거야? 범은 아니지? 인간 맞지?”

“어, 인간 맞아.”

도건은 별 생각 없이 한 대답인데 호수의 눈빛이 어두워졌다.

“아니, 대체 왜? 왜 우리를 공격한 건데? 우리가 뭘 어쨌다고? 우린 그냥…… 그냥 범이나 잡으러 다닐 뿐인데…….”

아무도 세인의 말에 답해주지 못했다.

그들 역시 왜 이런 일이 벌어진 건지 도통 알 수 없었기 때문이다.

자기보다 강한 자를 견제해서 벌인 짓이라는 건 알겠는데, 이렇게 함정까지 파서 진짜 죽이려고 드는 건 이해할 수가 없었다.

다 같이 힘을 합쳐야 하는 상황에서 누구도 힘을 합치려 하지 않았다.

“옛날에 말이야. 좀비 영화 같은 거, 아포칼립스물 있잖아. 그런 거 보면 좀비도 좀비인데, 같은 인간들끼리 막 싸우고 그러잖아. 먹을 거 두고 싸우고, 무기 두고 싸우고, 괜히 싸우고…….”

세인이 구부정하게 앉아서 말했다.

"진짜 이해가 안 됐거든. 설마 저럴까 싶었거든."

세인은 끝까지 말하지 않았지만 다들 그 뒤에 따라올 문장이 무엇인지 알았다.

'정말 그러네.'

저벅-

발소리에 돌아보자, 환이 한 남자를 어깨에 짊어지고 골목 안으로 들어오고 있었다.

환이 세인을 보며 희미한 미소를 지었다.

"좋아 보인다, 너. 푹 잤냐?"

"야, 나 엄청 다쳤거든. 그런데 그놈은 뭐야?"

"호랑나비 쪽 사냥꾼이야."

"뭐? 그걸 왜 데려와? 죽여버려야지!"

"날 도와줬거든."

"그래도, 그놈들이 우리를 죽이려고 했다고. 분명 무슨 꿍꿍이가 있는 걸 거야. 죽은 척하고 있는 거 아냐? 아니면 도와주는 척하고 뒤통수치려는 거 아냐?"

세인이 날을 세우며 말했지만 환은 경태를 내려놓지 않았다.

"이 사람, 호랑나비 본부에 데려다주고 오려고."

"아니, 왜? 네가 그렇게 할 필요까지는 없잖아. 애초에 그놈들 아니었으면 네가 죽을 뻔할 일도 없었어."

"그래, 맞아. 그렇긴 한데……."

환의 뒤로 번진 가로등 불빛 때문에 세인은 그의 표정을 제대로 확인할 수가 없었다.

"난 그냥…… 이제 그만 좀 싸우고 싶어……."

지친 듯 말하고 돌아서는 환을 세인은 잡을 수 없었다.

도건이 끙차 몸을 일으키더니 세인의 어깨를 툭툭 두드렸다.

"병원에 가 있어. 난 환이랑 같이 갔다가 갈게."

멀어지는 환과 도건의 뒷모습을 호수는 말없이 응시했다.

아까는 싸우느라 생각할 시간이 없었지만, 싸움이 끝나자 오만 가지 생각이 밀려들어 호수의 머릿속을 엉망으로 헤집었다.

"아, 진짜……."

세인이 고개를 떨어뜨리며 말했다.

"인간들한테 환멸이 난다."

호수도 그랬다.

허서는 동족의 포효를 들었다.

그리하여 달려온 곳에는 생각지도 못한 것이 기다리고 있었다.

그것은 범을 우적우적 씹어먹고 있었다.

수백 개의 이빨에 씹히지 않은 갈색 범의 얼굴을 허서는 알고 있었다.

불티를 따르는 녀석이다.

"저게……."

허서를 따라온 범 중 은빛 털을 가진 지추가 경악 섞인 음성을 흘렸다.

허서는 대답 없이 괴물을 향해 달려들었다.

괴물은 제하 일행과의 싸움에서 독 안개를 거의 다 뿜어냈지만 아직도 공기 중에는 독이 미미하게 섞여 있었다.

범들의 기민한 후각은 공기에 섞인 불길한 것의 냄새를 알아챘다.

한 호흡이 끝나기 전에 처리해야만 한다.

허서의 명령이 없이도 상급 범들은 각자가 담당할 것을 파악했다.

허서와 하라가 괴물의 양쪽을 치받는 순간, 지추가 괴물의 배를, 옥엽이 괴물의 등을 치받았다.

상급 범 넷의 격돌에 굉음이 울렸다.

꿀렁-

그 무슨 짓을 해도 꿈쩍 않을 것 같은 거대한 괴물의 송충이 같은 몸뚱이가 꿀렁 움직이더니 괴물이 씹고 있던 범을 내뱉었다.

씹혀서 엉망이 되었음에도 아직 숨이 붙어 있는 갈색 범이 끄으으으, 앓는 소리를 냈다.

다친 동족을 돌봐줄 여유는 없었다.

대부분의 생물은 무언가를 먹고 있을 때가 가장 무방비하다. 입에 넣고 씹던 것을 뱉어냈으니 괴물이 공격을 시작할 것이다.

빠르게 간파한 상급 범들은 자신이 가진 힘을 모조리 끌어냈다.

옥엽이 괴물의 등을 타고 올라가 괴물의 단단한 머리에 두 손을 붙이고 강력하게 착시 최면을 걸었다.

괴물의 뇌를 향해 강하게 쏘아붙인 힘이 산산이 흩어지는 것이 느껴졌다.

'최면이 안 통해? 이렇게 강하게 썼는데도?'

당황은 길지 않았다.

허서의 길어진 손톱이 괴물의 몸통에 파고들자 괴물이 괴상한 소리를 내며 몸을 비틀었다.

괴물의 긴 다리가 절컥절컥 소리를 내며 사방으로 움직였다.

상급 범들은 재빠르게 다리를 피하며 가장 약해 보이는 몸뚱이를 위주로 공격했다.

머리 쪽에 있던 옥엽도 도로 등을 타고 내려와, 한 번 공중으로 도약했다가 괴물의 등을 향해 방향을 틀었다.

공기를 디딤돌처럼 걷어찬 옥엽의 육체가 화살처럼 괴물을 향해 떨어졌다.

옥엽의 긴 손톱이 괴물의 피부를 찢고, 쭉 뻗은 두 팔이 괴물의 몸 안까지 들어갔다.

"크흑!"

괴물의 몸뚱이 안에는 피가 아닌 독이 흐르고 있었다.

팔에 지독한 통증이 느껴졌지만, 옥엽은 공격에 쓰던 힘의 일부를 상처를 회복시키는 데 돌리며 괴물의 피부 속에 들어간 손을 헤집어 살덩어리를 쥐어뜯었다.

그러는 동안, 배 쪽에서 공격한 지추 역시 옥엽과 같은 행동을 하고 있었다.

"끼아아아아아아아아!"

등과 배 쪽의 속살을 쥐어뜯긴 괴물이 괴성을 질러댔다.

고막이 터질 것 같은 소리였지만 누구도 귀를 막지 않았다.

허서가 날아올라 무릎으로 괴물의 머리 바로 아래를 찍어누르며 옥엽이 상처 냈던 부위에 두 손을 집어넣었다.

강한 독이 허서의 팔을 타고 올라왔지만 허서는 눈썹 하나 꿈쩍하지 않고 괴물의 뇌 쪽을 향해 손을 더 깊이 집어넣었다.

이변이 일어난 건 그때였다.

우우우우웅-

대지가 진동했다.

공기 중을 떠돌던 강력한 힘이 어딘가를 향해 흘러가는 게 느껴졌다.

일촉즉발의 상황인데도 상급 범들은 움직임을 멈추고 기이한 힘이 모여드는 곳을 향해 시선을 고정시켰다.

어둠 속에, 거대한 체구의 사내가 검은색 검을 한 손에 쥐어 늘어뜨리고 서 있었다.

허서가 중얼거렸다.

"타배……."

제 46화

쓰고 버릴 패

타배 같지만 타배가 아니라는 것을, 허서는 곧바로 깨달았다.

풍래의 아들.

후포가 죽이려 했으나 죽지 않고 살아남은 인간.

'제하.'

그 이름을 떠올리는 순간, 제하의 몸이 솟구쳤다.

상급 범들의 눈으로도 좇기 힘들 정도의 속도였다.

상급 범들은 저런 움직임을 가진 사내를 알고 있었다.

곰과 같은 힘을 가지고, 범과 같은 속도 또한 가진 사내.

그저 한 번의 도약으로 괴물의 머리보다 높은 곳까지 올라간 제하가 아래쪽에 있는 괴물의 머리를 향해 검을 찍어누르

듯 내리꽂았다.

찌억-!

도무지 갈라지지 않을 것 같았던 단단한 두개골이 쪼개지며, 괴물의 몸통이 반으로 갈렸다.

상급 범들은 쪼개진 괴물에게서 터져 나오는 체액을 피해 사방으로 몸을 날렸다.

하지만 제하는 그러지 못했다.

그대로 떨어져 괴물의 질퍽한 체액에 파묻혔다.

체액이 흐른 땅이 검게 썩어들어가고 있었다.

멍하게 그 장면을 지켜보던 허서가 퍼뜩 정신을 차리고 달려가, 제하를 체액 속에서 끄집어냈다.

그 과정에서 허서의 팔과 다리에도 독이 묻었다.

허서는 상처 치유를 사용하며 제하의 상태를 살폈다.

독액에 파묻힌 것 치고는 멀쩡했다.

'기절했군.'

이 자리에 제하가 있는 줄은 몰랐다. 괴물의 존재감이 너무 강력했다.

이제 와서 돌아보니 갈색 범 외에도 몇 명이 더 쓰러져 있었다.

하루와 주안, 그리고 한때 인간이었지만 이제는 뼛조각만 남은 누군가.

상황이 종료되었는데도 도대체 이곳에서 무슨 일이 벌어졌던 건지 가늠할 수가 없었다.

“이놈, 제하라는 놈 아냐?”

옥엽이 바닥에 눕혀 놓은 제하를 발로 툭 차며 물었다.

“그냥 둬라.”

“이 검, 그 잡종 새끼 검이잖아.”

지추가 척살검을 험악하게 노려보며 말했다.

“그러고 보니 아까 이 자식도 그 잡종 새끼처럼 움직이던데…….”

지추가 제하의 멱살을 잡아 올리려 하기에 허서는 다시 말했다.

“그냥 둬라.”

제하도 제하지만, 그의 동료인 주안과는 안면을 튼 사이였다.

“나래 애인의 친구다. 아, 거기 그 녀석이 나래 애인이고.”

“오, 얘가?”

지추가 제하에게서 관심을 끊고 주안을 요리조리 살펴봤다.

"정말이네. 범이 되다 말았네. 나래 냄새도 나고……. 대체 어떻게 된 거지?"

"이 자식은 뭘까? 인간 같지도 않고, 범 같지도 않은데."

옥엽이 하루 옆에 쭈그리고 앉아서 쿡쿡 찔러보며 말했다.

괴물 근처에 있던 하라가 손을 들었다.

"여기서 이 미친 괴물이 뭔지 궁금한 사람은 나밖에 없는 거야?"

그제야 범들은 괴물 쪽으로 시선을 돌렸다. 그들의 눈빛이 어둡게 가라앉았다.

괴물이 뿜어낸 체액은 땅에 거의 스며들었다.

허서는 터벅터벅 걸어가서 두 쪽으로 갈라진 괴물의 머리 한 쪽을 집어 들었다.

"주군이라면 아실지도 모르지. 저걸 다 가져갈 수는 없으니 이거라도 챙겨 가라."

허서가 지추에게 머리를 던졌다.

지추가 가볍게 받아들면서 물었다.

"주군이 어디 계시는데?"

"……글쎄. 요새 통 안 보이시는군."

"설마 인간 놈들한테 당하신 건 아니겠지?"

"그럴 리 없지. 훌쩍 떠나기를 좋아하시는 분이니 조만간 나타나실 거다. 가봐."

"넌 어디 가게?"

허서가 바닥에 쓰러져 있는 제하와 주안, 하루를 돌아봤다.

지추의 얼굴이 일그러졌다.

"너, 설마 이 자식들을 도와주려는 건 아니겠지? 이 자식들은 범 사냥꾼이야! 게다가 이 새끼는 잡종이고! 야, 너희도 허서 좀 말려."

지추가 길길이 날뛰며 동료들에게 도움을 청했지만, 옥엽은 곤죽이 된 갈색 범을 내려다보고 있었다.

"이놈, 살아 있는데 어쩔까?"

"그놈도 데려가라."

"귀찮네. 옷, 새로 산 건데."

옥엽이 툴툴거리며 갈색 범을 무자비하게 들어서 어깨에 짊어졌다.

"끄으으으……."

"시끄러, 이 새끼야. 니들이 요새 무슨 짓 하고 다니는지 모르는 줄 알아? 처맞기 싫으면 입 딱 다물고 있어."

갈색 범이 입을 다물었다.

그러는 동안 허서가 제하와 주안을 양쪽 어깨에 짊어지고, 하라가 하루를 안아 들었다.

"진짜로 도와주게?"

"덕분에 목숨을 구했으니."

"우리끼리도 충분했다고."

허서가 괴물의 사체를 흘끔 본 후, 어깨에 걸쳐져 축 늘어진 제하를 돌아봤다.

"싸움이 쉬워진 건 사실이지."

허서는 척살검을 발로 툭 차서 올려 손에 쥐고 그 자리를 떠났다.

동철은 천천히 숨을 골랐다.

피칠갑을 한 두 남자가 동철의 앞에 서 있었다.

전투 후라서 엉망이지만 동철은 그들을 알아보았다.

환과 도건.

그리고…….

'경태가 왜……?'

환이 안고 있는 경태는 마치 생이 다한 듯 축 늘어져 있었다.

환과 도건은 자신을 둘러싼 호랑나비 사냥꾼들의 흉흉한 기세에도 아랑곳하지 않았다. 그들에게는 그저 지친 기색뿐이었다.

환은 저벅저벅 걸어와 동철의 긴 책상 위에 경태를 조심스럽게 눕혔다.

"날 도와주다가 이렇게 됐어."

"……."

"그래서 이 사람만큼은 살리고 싶더라고. 아직 숨은 쉬어."

숨은 쉰다.

그 말을 듣자마자 동철이 외쳤다.

"이 새끼들아! 뭐 하고 있어? 빨리 의사 불러와! 의사!"

바보처럼 서 있던 동철의 부하들이 후다닥 달려나갔다.

환은 그런 동철을 흘끔 보다가 쓰게 웃으며 돌아섰다.

"개새X……."

환이 중얼거리는 소리가 동철의 폐부에 깊이 박혔다.

동철은 눈을 꿈뻑거리며 경태를 내려다봤다.

미련하고 아둔한 경태는 동철에게 있어서 그저 쓰고 버리는 패였다. 바보처럼 순진하게 남을 믿는 녀석만큼 이용하기 좋은 놈도 없었다.

경태가 위험한 임무를 하다가 크게 다쳐도, 성진의 말에 반박하다가 뺨을 맞을 때도, 딱히 안타깝거나 가슴 아프지는 않았다.

경태는 그저 쓰고 버리는 패니까. 그런 짓을 당해도 동철을 향해 신뢰와 존경을 담은 눈빛을 보낼 테니까.

위험한 임무 때문에 크게 다쳐서 돌아와도, 형님께 도움이 되지 못해서 죄송하다며 울먹거리기나 할 테니까.

그럴 때, 아니다, 잘했다 위로해주면 또 바보처럼 웃으면서 형님을 따르기를 잘했다고 주절거릴 테니까.

그러니까 이번에도 언제나처럼 아무렇지도 않아야 정상이었다.

'그런데 왜……?'

동철은 하얗게 질린 경태의 얼굴에서 눈을 뗄 수가 없었다.

환의 말대로 경태는 숨을 쉬고 있었다.

하지만 동철은 이런 생활을 오랫동안 해왔다. 범 사냥꾼을 하기 전에도 죽어가는 사람을 많이 봐왔다.

경태는 살지 못한다. 실력 좋은 의사를 불러와도 경태는 살지 못할 것이다.

뭔가가 가슴에 콱 박혔다. 동철은 제대로 숨을 쉴 수가 없었다.

멍청해서 이용당하기 좋은 놈은 앞으로도 평생 멍청해서 이용당하기 좋은 놈으로 남아 있어야 하는데.

왜 이놈은 죽어가는 걸까?

"흐……."

경태가 흘린 긴 신음에 동철은 퍼뜩 정신을 차렸다.

"경태, 이놈아! 정신 차려!"

"……형님…… 죄송해요……."

경태가 힘겹게 눈을 뜨고 동철을 보며 말했다.

"이 멍청한 자식. 왜 죽이라는 놈을 도와줘서 이 꼴이 됐냐? 엉?"

"제가요…… 모난 놈이라서…… 죄송해요……."

"인마, 이 자식아. 모난 게 좀 어때서? 괜찮아, 다 괜찮으니까 일단 정신 단단히 붙들고 있어. 알겠냐? 곧 의사가 올 거니까……."

"형님……, 이상한 일이…… 벌어지고 있어요……."

"의사가 올 거다, 경태야. 말은 나중에 하고 일단……."

"불길해요……. 그러니까…… 형님……, 제발…… 제발 그저…… 살아남을 생각만…… 하세요…….”

“알겠다, 알겠으니까 아무 말 말고 정신이나 단단히 붙들고 있어. 곧 의사가 올 거야. 알겠지? 어?”

대답은 들려오지 않았다.

경태의 눈동자는 여전히 동철을 향해 있지만 빛은 없었다.

“경태야.”

쓰고 버릴 패였다.

“경태야?”

여차하면 방패처럼 적들 손에 던져줄 생각도 있었다.

“야, 인마. 정신 단단히 붙들라니까?”

딱 그 정도의 멍청한 녀석인데.

아무 도움도 안 되는 아둔한 녀석인데.

그런 녀석이 명령을 어기고 제멋대로 굴다가 죽었을 뿐인데.

왜?

왜 아주 중요한 무언가를 송두리째 잃은 기분이 드는 걸까?

유일한 하나를 잃어버린 기분이 드는 걸까?

청명한 하늘 아래에 녹음이 짙은 계절이었다.

지금껏 쭉 살아온 곳인데 어째서인지 그립다는 느낌이 들었다.

후포는 거대한 신단수 앞에 서서 그 앞에 펼쳐진 정경을 눈에 담았다.

넓은 길을 사이에 두고 늘어선 건물들과 길 위에서 뛰노는 아이들, 분주히 오가는 사람들.

곰족과 범족, 그 외 다른 종족들도 친근하게 인사를 나누는 평화로운 광경을 보는데도 왜인지 가슴이 미어졌다.

사람들 사이로 큰 체구의 사내가 걸어오는 것이 보였다.

언제나 봐도 좋은 반가운 친구의 모습을 보는 건데 왜 눈물이 나려 하는지 알 수 없었다.

"후포. 또 여기에 있을 줄 알았어."

사내가 사람 좋은 미소를 지으며 말했다.

갈색 피부와 곰처럼 커다란 체구를 가진 사내의 눈 아래에는 호랑이의 줄무늬 같은 것이 여러 개 새겨져 있었다.

범과 곰의 혼혈.

신시에는 아주 오래전부터 이어져 온 예언이 있었다.

'무릇 섞인 자와 함께 멸망이 찾아오리라.'

그 예언 때문에 혼혈은 불길하다고 하여 무시받고 배척당했지만 타배로 인해 사람들의 생각이 바뀌었다.

타배는 혼혈이라는 이유로 수모를 당하며 자랐음에도 여전히 온화하고 다정하며 고운 심성을 가지고 있었다.

보통 혼혈은 강한 힘을 갖지 못한다.

서로 다른 종족의 피가 섞인 탓에 힘이 옅어지기 때문이다.

하지만 타배는 곰의 힘도, 범의 힘도 완벽하게 가지고 태어났다.

그렇게 강하면서도 불길하다는 이유로 자신을 타박하는 사람들에게 언성을 높인 적이 한 번도 없었다.

언제였던가, 큰비가 내려서 뒷산의 토사가 흘러 내려와 마을을 덮쳤을 때.

타배는 목숨을 걸고 달려가 어마어마한 힘으로 토사를 밀어내고 그 아래쪽 집에 살던 사람들을 구했다.

그들은 타배만 보면 욕을 하고 침을 뱉던 자들이었으나, 타배에게 도움을 받은 후로는 누구보다도 타배를 기꺼워하게 되었다.

그렇게 타배는 자신을 향한 편견 어린 시선을 조용히 받아내며 온화한 방식으로 바꿔나갔다.

제 47화

잔혹한 '나'는 누구인가?

후포는 타배의 어깨에 묻어 있는 주먹보다 작은 크기의 솜털 같은 것을 발견했다.

"뭐가 묻었군."

털어주려고 손을 뻗자, 그것이 후포의 손을 피해 호다닥 타배의 머리 위로 올라갔다.

타배의 머리 위에 토끼 꼬리처럼 붙어 있는 그것을 보며, 후포가 미간을 좁혔다.

"자네, 귀여워 보이고 싶어서 그런 걸 달고 다니는 건가?"

타배가 껄껄 웃었다.

"저 숲에서 만난 녀석이야. 늑대에게 쫓기는 걸 구해줬지."

"살아 있는 거라고?"

후포가 가까이 다가가서 하얀 솜털 같은 것을 가만히 살펴봤다.

자세히 보니 깨처럼 까만 눈이 두 개 달려 있었다.

“그래. 눈송이라는 이름을 붙여줬지.”

타배의 말에 후포는 웃음을 터뜨렸다.

“눈송이라니…… 자네, 정말로 귀여운 걸 좋아하는구먼.”

타배가 얼굴을 붉혔다.

“아니, 왜? 눈송이라는 이름이 어때서? 딱 봐도 눈송이 같지 않은가?”

“아냐, 아냐. 눈송이…… 그래, 눈송이…….”

덩치와 생김새에 어울리지 않게 눈송이라는 단어를 생각해낸 타배가 귀여웠다.

그래서 웃는 건데, 왜 가슴에 저릿한 통증이 느껴지는지 알 수 없었다.

눈가가 시큰거렸다.

마치 곧 눈물이라도 흐를 것처럼.

“깨는 것 같은데…….”

“아빠, 아빠, 아저씨 일어나시는 것 같아요.”

낯선 목소리가 끼어들었다.

후포는 번쩍 눈을 떴다.

노란 눈동자가 천장을 훑어 내려와 침대 옆에 서 있는 사람들에게 향했다.

성인 남자와 여자, 그리고 어린 남자아이.

순간적으로 이들이 무엇인지 알 수 없었다.

이윽고 후포는 자신이 있는 곳이 그리운 신시가 아닌, 아주 오랜 시간이 흐른 후의 신시라는 걸 상기했다.

후포의 콧등에 잔주름이 맺혔다.

후포가 위협적으로 상체를 일으켰지만 아이는 무섭지도 않은지 침대 옆에 바짝 다가와서 후포를 올려다봤다.

"아저씨, 괜찮아요?"

"크르르르……."

후포는 일부러 짐승 같은 소리를 흘렸다.

자신을 향해 걱정 가득한 눈빛을 보이는 인간들, 곰족의 후손들이 마음에 들지 않았기 때문이다.

"감기…… 걸리셨나?"

아이 아빠가 중얼거린 말에 후포는 기가 막혔다.

이것들은 경계심이라는 게 없나?

후포는 신경질적으로 이불을 걷어내고 침대에서 내려오다가 어지럼증 때문에 휘청거렸다.

아이 아빠가 후포의 팔에 손을 얹었다.

“아직 그렇게 움직이면 힘들 겁니다. 의사를 부를 수도 없고, 병원에 갈 수도 없어서…… 저희가 대충 치료를 했을 뿐이라…….”

후포는 천천히 시선을 내려 자신의 팔에 닿은 아이 아빠의 손을 응시했다.

아이 아빠가 얼른 손을 뗐다.

“아, 죄송합니다. 함부로 손을 대서…….”

“내가 얼마나 누워 있었지?”

“일주일을…….”

반나절 정도일 줄 알았는데 일주일이나 기절해 있었다니.

그제야 후포는 자신이 기절하기 전에 무엇을 상대했고, 또 누구를 보았는지 기억해냈다.

풍래를 본 줄 알았는데 아니었다.

‘제하…….’

“그 괴물은 범 사냥꾼이 처리했나?”

“네, 다행히 강한 분들이 오셔서. 착호라고 요새 엄청…….”

거기까지 말하고, 아이 아빠는 입을 다물었다. 착호가 사냥하는 상대가 범이라는 걸 깨달은 것이다.

그런 건 아무래도 좋다고 후포는 생각했다.

'왜 날 안 죽인 거지?'

제하에게 후포는 찢어 죽여도 시원찮을 증오의 대상일 터였다.

괴물에게 처참하게 당해서 기절한 후포를 죽이든, 혹은 포로로 잡아서 이 모든 짓을 끝내게 하든, 뭐든 해야 마땅했다.

그런데도 죽이지 않고 내버려 둔 이유를 알 수 없었다.

"저기……, 깨어나면 배고프실 것 같아서 뭘 좀 준비해뒀는데……."

아이 엄마의 말에 후포는 상념에서 벗어났다.

"아저씨, 맛있는 거 많아요."

아이가 두 손으로 후포의 팔을 잡고 끌어당겼다.

후포는 어이가 없었다.

이 인간들은 내가 뭘 먹는지 모르는 건가?

아이에게 이끌려서 도착한 식탁에는 각종 고기 요리가 산더미처럼 차려져 있었다.

가만히 응시하는 후포의 모습에 아이 엄마가 조심스럽게 말했다.

“저…… 익힌 것 말고, 날 것도 있는데…….”

“아저씨, 우리 엄마가 해준 밥 맛있어요.”

아이가 억지로 후포를 의자에 앉히려 했다.

어린아이의 힘을 이기지 못할 리도 없건만, 후포는 아이가 원하는 대로 의자에 앉았다.

아이 부모가 후포의 눈치를 살피다가 식탁에 둘러앉았다.

후포는 오로지 자신을 위해 차려진 음식을 물끄러미 응시했다.

먹먹한 이유는 무엇인가?

답은 알고 있었다.

기억이 희미해지다 못해 거의 사라질 정도로 까마득한 옛날.

범들이 타 종족을 먹지 않아도 살아갈 수 있었던 그 시절이 불현듯 또렷하게 떠올랐기 때문이었다.

제하는 시끄러운 소리에 정신을 차렸다.

"아아아악!"

"사, 살려줘! 살려주세요!"

"이 애는 살려줘요!"

"이렇게까지 할 건 없잖아아아아!"

듣기만 해도 처참한 비명이 제하의 귀를 꿰뚫었다.

낯선 목소리여야 하는데, 이상하게도 익숙한 듯 느껴졌다.

'내가…….'

도와줘야 해.

그런 생각에 몸을 일으키려 하는데, 온몸이 꽁꽁 묶여 있었다.

'누가 날……?'

제하는 눈을 질끈 감았다가 떴다.

굵은 나뭇가지들과 싱싱한 푸른 잎이 눈에 들어왔다.

제하의 몸은 그 굵은 나뭇가지 중 하나에 고정되어 묶인 상태였다.

낯선 광경이지만 이곳이 어디인지 알았다.

'내가 왜 신단수에 묶여 있는 거지?'

제하의 것이 아닌 기억이 흘러들어왔지만 제하는 그것을 제 기억으로 받아들였다.

종족을 가리지 않는 범들의 살육, 어쩔 수 없이 신시를 위해 검을 들었을 때의 각오, 뜻을 함께하기로 결심해준 곰족과 타 종족들, 그리고 영웅 '설'.

범들을 학살할 생각은 없었다.

그저 그들을 제압하고 어째서 그런 짓을 벌인 건지 물어볼 생각이었다.

공격에 특화된 재능을 가진 범족을 이기기는 힘들었지만, 타배가 곰족의 편에 서고 타 종족과 설이 힘을 나눠주었기에 범족을 한계까지 몰아붙일 수 있었다.

'후포…….'

범족 사이에서 싸우던 후포를 발견했고, 최근 도통 만날 수 없었던 그에게 다가가 대체 왜 이런 짓을 하고 다니는 건지 물어보려 했다.

'거기서부터 기억이 없군.'

"크아아아악!"

또다시 울리는 비명에 정신이 번쩍 들었다.

타배는 머리를 최대한 빼내 비명이 들리는 곳을 확인하기 위해 애썼다.

무성한 나뭇잎 사이로, 싱그러운 하늘과 어울리지 않는 장면이 펼쳐지고 있었다.

'저게 뭐야?'

갈색 피부를 가진 큰 덩치의 사내가 전투원도 아닌 범족들을 무자비하게 해치고 있었다.

사내가 든 검은색 검이 범의 머리를 베고, 어린 범의 팔을 잘랐다.

숨을 쉴 수 없었다.

'왜 저기에……? 왜 내가 저기에……?'

타배는 무슨 일이 벌어진 건지 알 수 없었다.

자신은 이곳에 묶여 있는데, 저곳에서 내 검과 같은 척살검을 들고 범족을 살육하는 '나'는 대체 누구란 말인가?

아무 죄 없는 어린아이들까지 잔혹하게 학살하는 저 끔찍한 '나'는 대체 누구란 말인가?

'안 돼…….'

혼란에 빠져 있을 여유는 없었다.

저 미친 짓을 끝내는 게 우선이었다.

타배가 힘을 끌어모으자, 그의 검은 머리카락이 사방으로 흩날렸다.

안에 응축된 힘이 폭발하기 직전, 타배는 보았다.

도저히 이 세상의 것으로 생각할 수 없는 괴물이, 덜컥덜컥 소리를 내며 접근하는 것을.

"헉!"

제하는 헐떡거리며 눈을 떴다.

하얀 천장이 보였다.

순간, 혼란에 빠졌다.

여긴 어디지? 나는 신단수에 묶여 있었는데? 그 괴물은 뭐였지? 범족들은 어떻게 됐지? 그곳에서 범족을 학살하던 '나'는 대체 누구지?

수많은 질문이 제하의 머릿속에서 뒤엉켰다가 썰물처럼 빠져나갔다.

제하는 자신이 타배가 아닌 제하라는 걸 자각했다.

제하는 주먹을 꾹 쥐어보았다. 제 몸이 제 것처럼 느껴지지 않았다.

'대체 그건……?'

악몽으로 치부하기에는 너무도 생생했다.

싱그러운 하늘과 옅게 풍겨오던 피비린내, 고통과 증오에 찬

절규가 아직도 제하의 곁을 맴돌았다.

쇄아아아-

열린 창문으로 바람이 부는 소리를 듣고 나서야 제하는 이곳 공기를 채운 게 피비린내가 아닌 약품 냄새라는 걸 깨달았다.

'병원인가?'

기절하기 직전에 무슨 일이 있었는지 가물가물했다.

아예 기억에 없는 것이 아니라 너무도 오래전에 겪은 일처럼 희미했다.

'포수 알람을 듣고 갔다가…….'

갈색 범과 싸웠다.

도중에 나타난 괴물 때문에.

'죽었어. 그 사람들…….'

미처 도망치지 못한 남녀가 독 때문에 새까맣게 흘러내렸다.

이제야 기절 직전에 겪은 일이 현실로 다가왔다.

나는 타배가 아닌 제하이고, 사람을 구하러 갔지만 실패했다.

제하는 이불을 꽉 움켜쥐었다.

'그 사람들을 먼저 도망치게 해야 했는데. 처음에 갈색 범이랑 싸우는 순간에 길을 터줬어야 했는데.'

늦은 후회가 가슴을 까맣게 물들었다.

'살릴 수 있었는데, 범한테 신경 쓰느라 정작 사람들을 신경 쓰지 못했어.'

그저 복수만을 위해 싸우는 게 아니었다.

지키고 싶었다.

제 어머니가 지키려 했던 이 신시를, 제하도 지키고 싶었다.

고아인 제하에게 세상은 그리 따뜻하지 않았지만, 서늘한 바람 속에서도 때때로 온기를 발견하곤 했다.

그러한 온기를 나눠주었던 사람들에게 전처럼 평화로운 신시를 돌려주고 싶었다.

하지만 그러지 못했다.

싸우는 데 정신이 팔려 지켜야 할 것을 등한시했다.

'지켜야 할 것.'

퍼뜩 주안과 하루가 떠올랐다.

제하는 상체를 일으키고 주위를 둘러봤다.

6인실 병동. 주안과 하루는 침대를 하나씩 차지하고 누워 있었다.

초췌하기는 해도 무사해 보여서 제하는 안도의 한숨을 내쉬었다.

달칵-

그때, 병실 문이 열리는 소리가 들렸다.

들어오는 사람을 확인한 제하의 눈이 커졌다.

제 48화

무언가

"어, 깨어났네."

도건이 환하게 웃으며 다가왔다.

그 뒤를 따라서 호수와 환, 세인도 제하의 침대 옆으로 걸어왔다.

"여긴…… 어떻게 알고 왔어?"

"말도 마라. 3일 전에 너희가 병원에 입원한 게 뉴스에 얼마나 크게 났는데."

"뉴스에……? 왜? 범 사냥꾼이 싸우다가 다쳐서 입원하는 게 뉴스거리가 되나?"

제하의 물음에 도건이 어깨를 으쓱했다.

"뭐, 인류의 희망, 착호도 무너지는가? 착호를 쓰러뜨린 범은 누구인가? 그런 거?"

이상하다고 제하는 생각했다.

요새 착호가 이름을 날리고 있기는 해도, 범과 싸우다가 다쳐서 입원하는 일은 비일비재했다.

그런데 그런 내용이 갑자기 뉴스거리가 되다니. 마치 다른 뉴스거리를 덮으려는 것처럼.

최근 의문이 생길 때마다 그랬듯, 또 빛 한 줄기가 제하의 뇌리를 스치고 지나갔다.

이번에는 전보다 굵은 빛이었지만 너무 빨라서 잡을 수가 없었다.

저걸 잡아야 하는데, 그래야 이 모든 의문이 해결될 텐데.

"제하야."

호수의 나직한 부름에 제하는 빛을 떠나보내고 호수의 호박색 눈동자를 응시했다.

비슷한 색의 눈동자가 서로를 담았다.

그저 시선을 마주했을 뿐인데도 제하는 호수가 무슨 말을 하려는지 알았다.

"나는 괜찮아."

그래서 제하는 호수가 사과하기 전에 말했다.

“정말 괜찮아.”

호수의 눈썹 끝이 내려갔다.

미안한 듯, 안쓰러운 듯, 그의 눈시울이 붉어졌다.

제하도 어쩐지 울고 싶은 기분이었지만 쑥스러워서 시선을 피하며 코를 훌쩍거렸다.

“호랑나비가 함정을 파서 우리를 쳤어.”

그 이야기를 꺼낸 건 세인이었다.

제하가 괴물과 싸우고 있던 그때에 그들은 호랑나비와 싸웠다고 했다.

그 과정에서 경태가 죽었다.

제하는 어리숙해 보이던 경태를 떠올렸다.

“호랑나비 총대장인지 뭔지 하는 사람은? 이름이 동철이랬나? 그 사람은 그 후로 반응 없어? 경태라는 사람 복수하겠다고 덤벼들진 않았어?”

제하의 질문에 환이 고개를 저었다.

“아직까지는 조용해.”

“하지만 앞으로 어떻게 나올지 모르니까 조심해야 해. 우리가 포수 눌러서 우리를 불러낸 사람을 찾아냈거든. 일반인이더라고. 왜 그런 짓을 했느냐고 물었더니, 뭐라고 했는지 알아? 그거 도와주면 앞으로 수고비 안 받고서 지켜주겠다고 했대."

세인의 말에 제하가 얼떨떨하게 물었다.

"수고비라니?"

"요새 포수 눌러서 도와주러 온 사냥꾼들이 따로 수고비 요청한다더라. 미쳐 돌아가는 거지."

도건의 대답에 제하의 표정이 어두워졌다.

원인 모를 불길함이 뱃속에서 꿈틀거렸다.

영혼 깊은 곳에 각인된 기분 나쁜 기억이 개화하지 못하고 애꿎은 제하의 속만 뒤집어놨다.

욕지기가 치밀었다.

"허억!"

그때, 주안이 거친 숨을 토해내며 눈을 떴다.

"안 돼, 안 돼, 후포. 그놈을…… 그놈을 상대하지 마……. 도망쳐……."

악몽에서 벗어나지 못한 듯, 주안이 흔들리는 눈으로 허공을 향해 중얼거렸다.

후포의 이름에 세인과 환이 이상하다는 듯 시선을 교환했다.

후포는 제하의 원수이자 범족의 대장일 뿐, 주안과는 크게 관계가 없는 인물이었다.

"주안이 형!"

하지만 짚이는 구석이 있는 제하는 주안의 침대로 달려가 그의 어깨를 꽉 잡았다.

"형도 봤어?"

주안은 혼란스러운 듯 제하를 올려다보다가 손으로 머리를 짚었다.

"윽……."

두통을 참으려는 듯 신음하던 주안은 눈을 몇 번 깜빡거린 후에야 침착함을 되찾았다.

"설마…… 너도? 그 괴물……. 그리고…… 그거…… 타배……, 그 타배는 뭐였지?"

주안이 신음처럼 느릿하게 내뱉는 말에 호수 일행은 어리둥절한 표정을 지었다.

그들은 주안이 무슨 소리를 하는지 전혀 알 수 없었다.

"무슨 얘기들을 하는 거야?"

세인이 답답한 듯 물었다.

제하는 아직 깨어나지 못한 하루 쪽을 흘끗 쳐다보고 나서 대답했다.

"이상한 꿈을 꿨어. 아니, 이것보다는 우선 그전에 만난 괴물을 설명해야 할 것 같은데……."

"괴물 얘기라면 우리도 도건이한테 들었어."

환의 말에 제하가 고개를 저었다.

"그 괴물 말고, 또 다른 괴물을 만났어."

제하는 그곳에서 벌어진 싸움을 천천히 설명했다.

포획한 갈색 범, 갑자기 등장한 송충이 몸통의 괴물, 도저히 이길 수 없겠다 싶을 때 나타나서 도와준 상급 범들.

"그 범들이 괴물이랑 싸우는 걸 확인하고 나서 나도 기절한 것 같아. 그리고 꿈을 꿨는데…… 그 꿈에서 나는 타배였어. 왜인지 모르겠지만, 신단수에 묶여 있었지."

제하는 타배가 되었을 때 흘러들어온 기억을 이야기했다.

"신시는 평화로운 곳이었어. 곰족과 범족이 수가 많기는 하지만, 다른 종족들도 다 어우러져서 살고 있던 곳이야. 큰 문제 같은 거 없이 다들 잘 지내고 있었는데, 왜인지 갑자기 범족이 타 종족을 죽이고 다니기 시작했어."

타배는 범족의 대장이자 신시의 수호자인 후포를 만나서 이 문제에 대해 의논하려 했지만.

"왜인지 모르게 후포를 만날 수가 없는 거야. 다른 문제가 터지든가, 후포가 자리를 비우든가. 그래서 후포와 대화하지 못한 채로 시간이 흘렀고, 범족들은 점점 잔인해지기 시작했어."

곰족 일가족이 저녁 식사를 하다가 끔찍하게 살해당했다.

부모와 어린아이 두 명이 무슨 일이 벌어졌는지도 모르고 죽었다.

"목격자가 있었어. 범 두 명이 몰래 숨어들어 갔다가 몰래 빠져나가는 걸 봤대. 그래서 타배는 다시 후포를 만나려 했는데, 이번에도 후포는 타배를 피했지. 그때, 설이 말해."

곰족의 영웅 설이 말했다.

후포는 아무래도 신시를 범족만의 것으로 만들려고 하는 모양이라고.

"더 이상의 대화 시도는 무의미하지요. 이대로 대화만 하려고 들다가는 더 많은 희생이 나올 겁니다. 타배, 당신도 이미 알고 있지 않나요? 범족은 더 이상 친구가 아니에요."

타배는 차게 식은 어린아이를 떠올렸다.

그저 부모님과 맛있는 저녁을 먹을 생각만 하고 있다가 죽임당한 어린아이.

그 아이를 지키는 자세로 죽어간 아이의 부모.

그리하여 타배는 각오를 굳혔다.

"타배는 그저 범들을 수세에 몰고 나서 후포에게 왜 이런 짓을 한 건지 묻고 싶을 뿐이었어. 그렇게 모조리 다 죽이려고 한 게 아니거든. 그런데 타배가, 가짜 타배가."

모두를 학살했다.

차게 웃으며 죄 없는 아이와 힘없는 노인들까지 모두 죽였다.

"그 장면만 보면…… 범족이 왜 그렇게 곰족이라면 치를 떠는지 이해가 될 정도야. 그만큼 잔인하게 범족을 죽였어. 나는, 그러니까 진짜 타배는 저걸 그냥 놔둬서는 안 된다고 생각해. 그래서 결박을 풀기 위해 힘을 끌어모으다가, 그걸 봐."

"괴물."

주안이 덧붙였다.

"괴물……."

호수와 도건, 세인과 환은 아직 괴물을 본 적이 없었다.

어떤 건지 상상도 할 수 없어야 하는데 왜인지 그 괴물이 무얼 말하는지 알 것도 같았다.

"그걸 보는 순간, 잠에서 깼어."

제하의 말을 마지막으로 무거운 침묵이 내려앉았다.

각자 조용히 바닥을 보며, 지금 들은 이야기에 대해 고민했다.

평범한 꿈은 아닐 것이다.

그들은 한마음으로 확신했다.

그것은 타배의 기억.

그들이 가늠할 수도 없을 정도로 까마득한 옛날에 진짜로 벌어진 일.

그것을 꿈으로 꾼 건 제하와 주안뿐인데도 그 자리에 있는 모두가 그 광경을 눈앞에서 본 것만 같은 기분이 들었다.

신단수에 묶인 채 범들이 처참하게 죽어가는 걸 지켜보아야 했던 타배의 절망과 분노와 슬픔과 의문, 혼란 같은 것들을 고스란히 느낄 수 있었다.

"그 가짜 타배는 뭘까?"

세인이 작게 꺼낸 질문에 제하가 고개를 저었다.

"모르겠어. 아직 기억이 완전하지 않아. 뭔가…… 뭔가가 잡힐 것 같은데 잡히질 않아."

"……그 괴물은 뭐지? 그 괴물이 그렇게 옛날부터 존재했다면, 어떻게 지금껏 잘 숨어 있었던 거지? 왜 이제 와서야 모습을 드러내기 시작한 거지?"

혼란에 젖은 호수가 중얼거렸다.

답을 원하고 하는 말은 아니었다.

환이 말했다.

"싸움의 원인은 범족이 다른 종족을 죽이고 다닌 것 때문이라고 했지? 그거…… 정말일까?"

"목격자가 있었어."

"그 목격자가 한 증언이 진짜일까?"

이제 와서 물어볼 수도 없는 문제였다.

"알겠어. 좋아. 한번 하나하나 따져보자."

세인이 검지를 들며 말했다.

"우선, 범족이 타 종족을 죽이고 다녔다. 후포는 그런 범족을 눈감아줬다. 왜냐하면 타 종족을 전부 몰아내고 신시를 차지하고 싶었으니까. 이게 진짜라면 이상한 점이 있어."

"어떤 점?"

"현재 이 신시에 있는 범 중에 인간에게 좋은 감정을 품은 범들이 있다는 거. 만약 범들이 후포의 방침을 두 손 들고 환영했다면, 그래서 곰족을 살해하고 다녔다면…… 왜 그들은 신시를 차지한 인간에게 좋은 감정을 갖는 거지? 미워해야 마땅할 텐데."

"……그리움 때문일까? 사이가 좋았던 시절에 대한 그리움."

호수가 중얼거렸다.

"그렇다면 더 이상해. 범들은 모두를 몰아내려고 했어. 그런데 그때를 좋았던 시절이라고 생각하고 그리움을 느낀다고? 그럼 애초에 왜 곰족을 몰아내려고 했겠어?"

"모두가 후포의 방침에 동의한 건 아니었겠지."

주안의 말에 세인이 검지로 주안을 가리켰다.

"그래, 그럴 수도 있어. 하지만 그러면 네가 만났다는 허서라는 범의 태도가 이상해."

"뭐?"

"허서가 불티라는 놈이 한 짓을 믿기 어려워한다고 했지? 그렇다는 건 둘이 다른 방침을 따른다는 거야. 불티는 사람을 죽이고, 허서는 아무나 죽이지 않지. 그리고……."

세인이 제하를 돌아봤다.

"제하가 만난 후포는 인간을 구하느라 크게 다치기까지 했어. 너무 이상하지 않아? 후포가 타 종족을 전부 없애려고 계획했던 거라면 왜 이제 와서 인간을 구하는 걸까? 그것도 자기 목숨을 걸고."

"……."

"후포가 대장이랬지? 허서가 따르는 방침은 아마도 후포의 방침이겠지. 그렇다면 후포는 왜 아무 인간이나 죽이지 말라는 방침을 세웠을까?"

"곰족을 미워하지 않았으니까."

대답은 그들의 뒤쪽에서 들려왔다.

어느새 깨어난 하루가 침대에 앉아 이쪽을 돌아보고 있었다.

세인이 눈썹 끝을 내리고 이제 모두가 답을 알 질문을 던졌다.

"이게 뭘 뜻하는 것 같아?"

하루가 쓴 미소를 지었다.

"무언가 있다. 아마도 괴물을 부리는 존재겠지."

제하의 한숨 섞인 음성이 따라붙었다.

"아무래도 우리의 진짜 적은 범이 아닌 것 같아. 무언가가 하지 않아도 될 전쟁을 더 잔혹한 방향으로 이끌어가고 있어."

제 49화

불길한 어둠

후포가 들어가자, 소파에 앉아서 TV를 보던 허서가 벌떡 일어나서 달려왔다.

"주군! 대체 어디 계시다가 이제야 나타나시는 겁니까?"

"호들갑 떨지 마라."

"주군, 이건 호들갑이 아니라 걱정입니다."

"걱정한다는 놈이 늘어지게 앉아서 TV를 보고 있나?"

"불안하니까 TV라도 본 거죠. 주군이 그 미친 괴물한테 당한 줄로만 알고 얼마나 걱정했는지……."

미친 괴물이라는 말이 귀에 박혔다.

후포를 끔찍한 상황에 밀어 넣었던 괴물 거미가 떠올랐다.

"거미를 만났나?"

“예? 거미요?”

“괴물을 만난 거 아닌가?”

“괴물……을 만나기는 했는데, 헉! 설마 주군도 괴물을 보신 겁니까?”

후포는 허서의 하얀 얼굴을 가만히 응시하다가 소파에 앉아 있는 하라 쪽으로 시선을 돌렸다.

“하라, 무슨 일이 있었던 거지?”

“주군, 왜 저랑 말씀 안 하시고…….”

매달리는 허서의 뒤통수를 후포는 가볍게 때렸다.

“네놈 말은 항상 중구난방이라서. 설명해라, 하라.”

“동족이 도움을 청하는 소리를 들었습니다. 아무래도 보통 상황이 아닌 것 같아서 옥엽과 지추도 같이 갔는데…… 거기에서 반의를 씹어먹고 있던 괴물을 발견했습니다.”

반의는 불티를 따르는 갈색 범이었다.

“송충이 같은 몸뚱이에 커다란 인간의 대가리를 가진 놈인데, 독을 사용하더군요. 그 자리에 제하가 있었습니다.”

제하. 또 제하다.

하지만 후포는 감정의 동요를 드러내지 않았다.

“아무래도 제하와 그 일당이 괴물의 힘을 많이 빼놓은 듯했습니다. 그런데도 저희가 괴물을 처리하는 데 상당한 힘이 들었죠. 어쨌든 이겼고, 두개골 반쪽을 갖고 왔는데…… 하루가 채 지나기도 전에 썩어 문드러졌습니다."

후포는 한숨을 쉬며 소파에 앉았다.

인간이 해준 음식을 먹어서 배가 부르긴 하지만 체력을 회복하지는 못했다.

괴물과의 싸움에서 크게 다치고 자체적으로 치유하느라 힘을 너무 많이 소진했다.

후포를 살펴본 하라가 눈치 빠르게 말했다.

"주군, 인간이라도 하나 잡아 올까요?"

"아니, 됐다."

내키지 않았다. 지금 같은 기분으로 먹었다가는 체할 것 같았다.

제하. 괴물. 인간 가족. 따뜻한 음식. 식탁. 아이의 웃음소리. 아이 부모의 상냥한 눈빛. 풍래.

그런 것들이 후포의 속을 술렁거리게 만들었다.

"주군도 괴물과 싸우셨습니까?"

허서가 물었다.

"그래."

"대체…… 뭐죠?"

"글쎄."

감도 잡히지 않았다.

다만 후포를 술렁이게 만드는 많은 것 아래에서 불길한 예감이 고요히 눈을 뜨고 있었다.

"인간이 만든 걸까요?"

"……그런 것 같지는 않군."

그것은 생명이지만 생명이 아니었다.

생명이라기에는 너무도 섬뜩한 것이 그것의 안을 채우고 있었다.

"반의는 죽었나?"

"살아는 있습니다. 너무 심하게 당해서 치유하는 데 오래 걸릴 것 같아요."

"마로와 불티는?"

"……아직 못 찾았습니다."

"당장 찾아내. 그 녀석들도 괴물을 만났는지 알아야겠다."

후포가 허서와 하라에게 마로와 불티를 찾아내라고 명령한 그 순간에 마로와 불티는 괴물을 눈앞에 두고 있었다.

최근 싱숭생숭한 마음도 잠재우고 인간들을 향한 복수심을 다시 한번 불태우기 위해 동족을 여러 명을 이끌고 사냥을 나왔다.

목적지는 8구에 있는 교도소.

후포의 방침대로 '나쁜 놈'들만 죽일 생각은 아니었다.

그곳에 인간이 많고, 대부분 갇혀 있어서 습격하기 편하기 때문이었다.

단지 그뿐이라고 불티와 마로는 생각했다.

교도소의 높은 담을 뛰어넘는 건 일도 아니었다.

교도관 몇 명, 경찰 몇 명, 그리고 범 사냥꾼 두 명이 있었지만 코웃음이 나올 정도로 쉬운 상대였다.

포수를 누른 건지 중간에 다섯 명 정도 되는 범 사냥꾼이 더 합류했지만 역시 어린애 수준이었다.

범 사냥꾼 중 딱 한 명, 윤미라고 부르는 인간 여자가 유독 강해서 조금 성가시기는 했다.

"죄수들을 풀어줘!"

윤미는 마로를 상대하며 교도관들을 향해 외쳤다.

"하, 하지만……."

"지금 저기 가둬 둬봐야 몰살이라고!"

교도관들이 후다닥 건물로 달려가는 걸 보며 마로는 히죽 웃었다.

'그래, 살려고 날뛰어라. 너희는 그런 게 어울리지.'

"으아아아! 저게 뭐야?"

동족의 비명이 울려 퍼진 건 교도관들이 건물 안으로 사라졌을 때였다.

마로가 획 돌아본 곳에 '그것'이 있었다.

마로는 움직임을 멈췄다.

아니, 그 자리에 있던 모두가 그랬다.

'그것'의 경악할 만한 생김새와 위압감에 그 누구도 움직일 생각을 하지 못한 채 멍하니 그것을 쳐다볼 뿐이었다.

인간의 몸통을 가졌으나 머리는 마치 꽃잎 같았다.

아름다운 꽃이 아닌, 마치 조갯살처럼 물컹거릴 것 같은 재질의 다섯 장의 붉은 꽃잎. 그 꽃잎 한 장 한 장에 동그란 눈알이 하나씩 박혀 있었다.

꽃잎 사이사이로 튀어나온 촉수들이 꿈틀거렸고, 문어 같은 주둥이 끝의 갈라진 부분에는 뾰족하고 작은 이빨들이 촘

촘히 박혀 있었다.

3미터쯤 되는 키, 한 손에 네 개뿐인 손가락은 문제도 되지 않았다.

다섯 장의 징그러운 꽃잎에 달린 눈동자가 데구루루 굴러 일제히 한 곳을 응시할 때의 숨 막히는 위압감에 마로는 처음으로 뒷걸음질을 쳤다.

"형."

불티의 부름에 마로는 정신 차렸다.

저것이 무엇이든, 불길하다.

그냥 놔둬서는 안 된다.

죽여야만 한다.

"공격해!"

마로는 힘을 끌어 올리며 범들에게 명령했다.

범들이 일제히 날아오르고 검은 안개가 해일처럼 일대를 뒤덮었다.

범이 일곱 명이나 되는데도 쉽지 않은 싸움이었다.

괴물은 그저 조용히 서서 꽃잎 사이사이에 있는 촉수들을 움직여 공격할 뿐인데도 그 하나하나의 움직임이 강하고 예리해서 접근하기 힘들었다.

단단하기는 또 얼마나 단단한지, 상급 범인 마로의 발톱으로도 촉수가 잘리지 않았다.

"안개를 거둬. 어차피 통하지도 않는데 쓸데없는 데에 힘을 낭비하지 마라."

불티의 명령에 안개가 걷혔다.

범 한 명이 촉수에 꿰여 신음하고 있었다.

타앙-!

뒤에서 총성이 울렸다.

'제길!'

마로는 욕설을 뇌까렸다.

인간 놈들을 잊고 있었다.

괴물도 버거운데 저놈들까지 상대해야 한다니.

인간 놈들은 범들이 괴물을 상대하는 틈에 범의 뒤통수를 노릴 것이 틀림없었다.

하지만 마로의 예상과 달리 총알이 명중한 곳은 괴물의 촉수였다.

타앙- 탕-!

윤미가 총을 연발하며 외쳤다.

"다들 정신 차려! 범들을 엄호해!"

총성이 하늘을 갈랐다.

수십 개의 총알이 범을 꿰고 있는 촉수에 적중했다.

아무리 괴물의 촉수가 단단하다 해도 사냥꾼의 힘을 담은 총알 전부를 버티지는 못했다.

툭-

촉수가 끊어지고 범이 풀려났다.

"키에에에에엑!"

괴물이 고통과 분노에 찬 비명을 질렀다.

"으아아아악!"

"우왁! 저, 저, 저게 뭐야? 저게 범이야?"

"으아아, 도, 도망쳐!"

갑작스러운 자유를 얻어서 뛰어나오던 수감자들이 상상을 벗어난 괴물을 목격하고 혼란에 빠졌다.

"이 새끼들아, 비명 그만 지르고 와서 싸워! 싸우는 거 좋아하잖아!"

윤미가 괴물의 촉수를 피하며 악을 썼다.

그 과정에서 날카로운 촉수가 윤미의 허벅지를 깊이 베었다.

수감자들은 얼떨떨한 표정으로 서로를 돌아보다가 움직이기 시작했다.

반이 도망치고 반이 남았다.

적당한 무기가 없어서 집히는 걸 아무거나 손에 쥐고 괴물을 공격했다.

사방에서 쏟아지는 공격에는 큰 힘이 실려 있지 않았지만 괴물을 성가시게 만들기에는 충분했다.

많은 사람이 죽고 많은 사람이 다쳤으나 괴물을 쓰러뜨리는 데 성공했다.

팔다리가 잘렸는데도 끼이이 움직이는 괴물의 목을 마로가 썩둑 썰어냈다. 징그러운 꽃잎이 파르르 떨다가 움직임을 멈췄다.

마로는 제 몸을 내려다봤다. 괴물이 아무렇게나 휘두르는 촉수에 당해서 여기저기 찢겨나갔다. 깊이 베여 뼈가 드러난 곳도 있었다.

범 일곱 명이 이곳에 왔는데 살아남은 범은 네 명뿐이었다. 그조차 한 명은 죽어가고 있었다.

마로는 불티가 죽어가는 범을 챙기는 걸 확인하고 나서 인간들 쪽으로 시선을 돌렸다.

인간들의 피해는 더 심했다.

예순 명이 넘는 인간 중 마흔 명가량이 죽고, 그나마 살아 있는 인간들은 숨만 간신히 붙어 있는 상태였다.

마로는 절뚝거리며 윤미의 옆으로 걸어갔다.

인간 중 가장 앞에서 싸우던 윤미는 촉수에 가슴과 배, 어깨를 뚫려 죽은 지 오래였다.

마로는 윤미 옆에 쭈그리고 앉아서 눈을 부릅뜨고 죽은 그녀의 얼굴을 물끄러미 응시했다.

증오가 눈앞을 가려 보이지 않았던 것들이 이제 와서야 눈에 들어오기 시작했다.

"마로, 마로. 진짜로 귀여운 애가 하나 있어. 불티, 너도 와서 들어봐."

쾌활한 음성이 귓가를 스쳤다.

"언젠가 결계가 깨져서 저 밖에 나가 살게 된다면…… 그 애랑 평생 같이 살고 싶어."

윤미는 나래와 조금도 닮지 않았는데 왜 나래가 떠오르는 건지 알 수 없었다.

그 명랑한 미소와 희망찬 눈빛이 이제야 마로의 심장을 쥐어뜯었다.

마로는 손을 뻗어 윤미의 눈을 감겨주고 그녀의 품을 뒤져 휴대폰을 꺼냈다.

"뭐 하게?"

불티가 마로의 옆에 서 있었다.

"구급차라는 걸 불러보려고."

"아."

불티는 짧은 탄성을 냈을 뿐, 반대하지 않았다.

"지금도 구급차라는 게 올지는 모르겠지만."

마로는 신호가 가는 걸 확인하고 나서 휴대폰을 살아남은 범 사냥꾼 손에 쥐여주고 돌아섰다.

"그래, 뭐. 강하지도 않은 녀석들인데 살아난다고 해서 위협이 되지는 않겠지."

"덤벼들면 그때 죽이면 되는 거고."

"어. 뭐, 저렇게 다쳤는데 살아남을 수나 있겠어?"

"……살아남았으면 좋겠군."

"……그러게."

태양이 빛나고 있었다.

유독 쾌청한 하늘이 펼쳐져 있었다.

그러나 마로는 이 신시가 어둠에 갇혀 있다는 느낌을 지울 수 없었다.

끝을 가늠하기 어려운 불길한 어둠, 그리고 악의.

제 50화
흉터

GATE
C.P.COMPANY

본부 건물의 옥상에 제하는 우두커니 서 있었다.

11월의 차가운 바람이 제하의 검은 머리칼을 마구 흐트러뜨렸다.

타배의 기억을 엿보고 나서 일주일이 흘렀다. 이제야 제하는 간신히 체력을 회복한 터였다.

'나는 강해졌어.'

송충이 같은 괴물을 상대한 이후, 제하의 육체 안에서 알 수 없는 힘이 들끓고 있었다.

자칫 잘못하면 터져 나올 것만 같아서 지친 몸으로 억누르는 것만도 힘들었다.

그건 주안도 마찬가지였다.

"그게 타배의 힘 아닐까? 너희가 타배의 꿈을 꾸면서 잠들어 있던 힘이 눈을 뜬 거지."

세인의 말에 호수는 웃었다.

"세인이 너는 그런 오글거리는 대사를 되게 아무렇지도 않게 하더라."

"내가 언제!"

진지한 대화를 하다가도 티격태격하는 익숙한 광경은 제하의 소란스러운 마음을 조금쯤 진정시켜주었다.

괴물. 후포. 타배. 그리고 가짜 타배.

잡힐 듯 잡히지 않는 빛줄기들은 실타래처럼 엉켜서 제하의 머릿속을 데굴데굴 굴러다니고 있었다.

잡아볼 테면 잡아봐. 넌 평생 날 못 잡을걸.

그렇게 놀리는 것만 같았다.

제하는 빛의 실타래를 좇는 걸 관두고 자신의 힘으로 생각의 방향을 틀었다.

'지금 이 힘을 제대로 사용하면 그 괴물을 혼자서도 이길 수 있을까?'

어쩌면 가능할지도 모른다는 생각이 들었다.

'내가 이런 힘을 가졌고, 주안이 형도 가졌다면……, 타배의

전생이 보인다는 우리들 전부 이런 힘을 갖게 될 수도 있는 거 아닐까?'

만약 착호 전부가 이 힘을 자각하게 된다면 괴물이 나타나도 큰 문제가 되지는 않을 것이다.

'문제는…… 다른 사람들이야. 우리 같은 힘을 갖지 못한 사람들은 속수무책으로 당할 수밖에 없겠지.'

제하는 송충이 괴물의 독액 때문에 썩어서 흘러내리던 남녀를 떠올렸다. 두 번 다시는 보고 싶지 않은 광경이었다.

제하는 생각을 갈무리하고 아래층으로 내려갔다.

도건은 목욕을 하고 나오는 길인지 바지만 입고 있었다.

물기 젖은 탄탄한 상체 여기저기에 아물지 않은 상처들이 남아 있었다.

"형. 상처 좀 보자."

"어? 갑자기?"

제하는 대답하는 대신 자신의 상의를 위로 올렸다.

제하의 엉뚱한 행동에 도건이 뒷걸음질을 쳤지만 개의치 않았다.

'역시 나는 흉터가 없어. 그렇게 다쳤는데도……. 주안이 형은 어땠지?'

"도건이 형."

"어, 어?"

"주안이 형 몸에 난 상처 봤어?"

도건은 의아하다는 듯 한쪽 눈썹을 들어 올렸다.

"어? 그건 왜?"

"아, 얼른. 주안이 형 몸을 확인해야 된다고."

"내 몸은 왜?"

방에서 나오던 주안이 의아한 듯 물었다.

제하는 달려가 주안의 상의를 휙 걷어 올렸다.

"흡!"

도건이 놀라서 입을 틀어막았지만, 정작 주안은 놀란 눈치가 아니었다.

"응, 나 흉터 없어."

"나도 그래, 형. 하지만 도건이 형 몸에는 아직 흉터가 남아 있어."

그제야 도건은 오해를 풀었지만, 그래도 경계심을 거두지 않고 조심스레 다가왔다.

"흉터가 왜?"

"범의 힘 중에 상처를 치유하는 힘이 있거든. 나도 그렇고 주안이 형이나 호수도 그렇고, 그 능력 덕분에 상처를 입어도 빨리 낫는단 말이야."

"그렇지?"

"그렇다고 해서 흉터가 사라질 정도는 아니었는데, 지금 난 흉터가 없어. 다 사라졌어. 봐봐."

제하가 다시 자기 상의를 걷어 올리며 말했다.

도건은 허리를 굽히고 제하의 복부나 가슴 쪽을 자세하게 살펴봤다.

다른 곳은 몰라도 제하의 가슴에는 후포가 남긴 흉터가 남아 있었는데, 지금은 그게 사라졌다.

"그러네. 진짜 없네."

"만약에 말이야……."

"으학! 너네 뭐 해?"

호수와 함께 장을 봐서 들어오던 세인이 바락 외쳤다.

도건이 뒤도 돌아보지 않고 손짓했다.

"이리 와서 제하 몸 좀 봐봐."

"엑, 왜?"

제하는 상의를 내리며 방금 도건에게 했던 설명을 반복했다.

그 말에 호수가 자신의 상의를 걷어 올렸다.

"난 흉터가 있어. 범의 힘은 아니야."

"그럼 흉터까지 싹 사라지는 힘은 곰의 힘이라는 거네."

"인간은 곰족의 후손이니까, 잘만 하면 다들 이런 능력을 얻을 수도 있다는 건가?"

동료들이 조금 들뜬 목소리로 대화를 나누는 동안, 제하는 묵묵히 생각에 잠겨 있다가 말했다.

"우리는 우리가 가진 힘을 좀 더 제대로 알 필요가 있어. 범의 힘이 뭔지, 곰의 힘이 뭔지도 제대로 모르잖아. 그걸 알고 나서 우리가 가진 힘을 좀 더 끌어올려야 해."

세인이 제 손을 내려다보며 중얼거렸다.

"우리가 그걸 무슨 수로 알아내지? 범을 사로잡아서 물어봐야 하나? 그러고 보니 요새 범들도 좀 조용한 것 같던데."

"그런 괴물을 봤으니 함부로 날뛸 수 없겠지. 그럼 이제 어떻게 해야 할까, 제하야?"

호수가 제하를 돌아봤다.

제하는 잠시 침묵하다가 입을 열었다.

"그런 괴물이 있다는 걸 사람들이 알면 지금보다 더 큰 혼돈에 빠질 거야. 우선 범 사냥꾼들에게 괴물의 존재를 알리자.

그리고…… 만약 우호적인 범을 만난다면 괴물 문제에 대해서 의논을 해보자고 전하자. 그리고…… 음, 하루가 오는 대로 표리를 찾아가 보자. 전설이 이어져 온 두두리 일족이라면 곰과 범의 능력에 대해서도 어느 정도 알고 있을지도 몰라."

표리는 지하수로보다 더 깊은 곳에 있는 두두리 일족만이 아는 길을 통해 빈집으로 들어갔다.

들어가자마자 화장실에 들어가 변기를 부여잡고 구역질을 했다.

"웩. 우웩!"

방금 본 장면이 눈앞에 선했다.

하지만 욕지기가 치미는 이유는 자신의 비겁함 때문이었다.

표리처럼 고대의 힘이 깨어난 동족들은 특별한 힘을 가진 무기를 만들어 시장에 풀었다.

그 동족 중 한 명이 표리를 찾아왔다.

"신시에 이상한 게 있어."

어느 폐교에 쓸 만한 물건이 없는지 찾으러 갔다가 보았다고 했다.

동족은 그곳에서 주운 인간의 기계를 넘겨주며 말했다.

"우리 동족이 사라지는 이유가 범 때문이 아니라 그거 때문일지도 몰라."

표리는 카메라 안에서 악의로 가득한 괴물을 보았다.

도저히 이 세상의 것이라고 생각할 수 없는 괴물.

자연적으로 생겨난 것 같지 않은 괴물.

실제로 눈앞에 있는 것이 아닌데도 그 괴물이 발현하는 독기가 아프도록 생생하게 전해졌다.

"그리고 그거 알아? 우리가 만들어서 파는 무기들, 아무래도……."

거기까지 말했을 때, 키힉, 키힉, 기묘한 소리가 들렸다.

표리가 벌떡 일어나 비밀 통로로 숨어든 건 거의 반사적인 행동이었다.

두두리 일족은 언제나 그랬다.

수천, 수만 년 전, 신시에서 쫓겨나서 몰래 숨어들어와 살게 된 후, 곰족의 눈에, 인간들의 눈에 띄지 않기 위해 작은 소리에도 반응하며 숨어야만 했다.

'두고 도망칠 생각이 아니었어.'

아니, 그렇지 않다.

갑자기 나타난 기괴한 괴물. 영상에 찍힌 것과는 다르지만 그것과 같은 악의를 뿜어내는 괴물.

그 괴물에게 짓이겨지는 친구를 구하기 위해 충분히 나설 수 있었다.

원숭이처럼 생겼지만 코에 뿔이 있고, 손가락이 팔뚝만큼 길고, 겨드랑이와 몸통 사이에 얇은 막이 이어져 있는 그 끔찍한 괴물에게 꿰여 씹히며 친구는 표리가 도망친 쪽을 돌아봤다.

그 눈동자에 원망은 없었다. 경악과 걱정뿐.

'아니, 아니야. 그런 건 보지 못했어. 내 좋을 대로 해석하고 있잖아, 지금.'

비겁하다.

친구는 구해주기를 바랐을 것이다. 괴물에게 씹히면서도 한동안 살아 있었으니까.

그 간절한 시선이 닿는 게 두려워서 고개를 숙이고 말았다.

그런 표리의 눈에 들어온 건 바닥으로 뚜욱뚜욱 떨어지는 친구의 피. 새빨간 선혈.

고여 있어야 할 피가 아주 자연스럽게 바닥으로 스며들어 사라지는 장면.

"끄……."

친구의 입에서 흘러나오는 신음을 듣자마자 표리는 돌아서서 도망쳤다.

혹여 괴물이 내 존재를 눈치챌까 두려워서.

친구의 시선이 닿은 곳에 내가 있는 걸 알게 될까 두려워서.

그렇게 비겁하게 친구를 등지고 도망쳤다.

"우웨엑!"

또 한차례 욕지기가 치밀어 올랐다.

도저히 이길 수 없을 것 같아서 도망쳤다는 말은 변명이 되지 않는다.

만약 그였다면 도망치지 않았을 것이다.

잡종. 혼혈. 착호. 제하.

표리가 잡종이라고 비난을 퍼붓는데도 흔들림 없이 선연하던 황금빛 눈동자가 떠올랐다.

그를 비겁한 배신자와 같은 잡종이라 비난했는데.

'더 비겁한 건 누구지?'

제하는 비겁한 적이 없었다.

그들을 만난 후로, 표리는 착호가 무슨 일을 해내는지 주시하고 있었다.

절망적인 상황에서도 그들은 도망치지 않았다.

위험에 빠진 이들을 모르는 척한 적도 없었다.

공포에 질린 인간들 사이에서 그들의 이름은 찬란하게 빛났고, 그리하여 작은 희망의 씨앗이 되었다.

어쩌면 이 신시가 예전처럼 안전해질지도 몰라.

그저 범을 상대하는 것만 신경 쓰는 착호는 모르겠지만, 인간들은 착호의 활약을 보며 그러한 희망을 품고 있었다.

그리고 최근에는 그 희망이 이루어진 듯, 범의 습격이 전보다 훨씬 줄어들었다.

갑자기 머리가 차게 식었다.

'목격담은 줄었고 실종자는 늘었어.'

표리는 변기 옆에 털썩 주저앉았다.

그제야 자신이 아직도 카메라를 쥐고 있다는 걸 깨달았다.

이 카메라를 전해주던 친구의 불안한 표정이 떠올랐다.

괴물에게 씹히며 표리를 돌아보던 친구의 눈빛도.

'원망이 아니야.'

머릿속을 뒤흔들던 온갖 감정이 썰물처럼 빠져나가자 표리는 비로소 친구의 눈빛에 담긴 의미를 제대로 파악할 수 있었다.

'동족을 구해.'

표리는 두 눈을 질끈 감았다.

감은 눈 속의 어둠에 떠오르는 두 개의 태양.

제하의 눈동자.

표리가 다시 눈을 떴을 때, 그의 눈은 각오로 빛나고 있었다.

'도움을 청해야 해. 나 혼자서는 아무것도 할 수 없어.'-

〈7FATES: CHAKHO〉 4권 끝

2023년 12월 20일 초판 1쇄 발행

기획/제작 | HYBE
공동기획 | WEBTOON

발 행 인 | 정동훈
편 집 인 | 여영아
편집국장 | 최유성
편 집 | 양정희 김지용 김혜정 김서연
디 자 인 | DESIGN PLUS

발 행 처 | (주)학산문화사
등 록 | 1995년 7월 1일
등록번호 | 제3-632호
주 소 | 서울특별시 동작구 상도로 282 학산빌딩
편 집 부 | 02-828-8988, 8836
마 케 팅 | 02-828-8986

ISBN 979-11-411-1991-1 03810
ISBN 979-11-411-1987-4 (세트)

값 9,800원